暢銷新版

圖｜解

一看就懂的
英文文法書

工藤三男 —— 著

林佩儀 —— 譯

前言

「這裡為什麼不懂呢？」

　　某高中生在課堂上發問之後，老師說了這句話。我想這位老師或許並不習慣站在學生的立場思考，所以無法理解那些對自己來說「這麼簡單的東西」，為什麼學生會「不懂」。

　　因為站在懂的人的角度，所以看不見「不懂」的地方，所以必須站在那些因為「不懂」而努力的人的角度來看。但如同前段所述，學校老師很難與學生用同一個角度來看待相同的事物，這就好比要專家站在外行人的立場來說明一樣，不是件容易的事。

　　而我的出發點很簡單，因為我不擅長以一般英文教育及文法解說的方式來教學英文，但偏偏文法書裡經常出現艱澀用語，到處都是「難懂」的東西，真讓人感到困擾。

　　於是，我看了各種不同程度的文法書，把難懂的地方改成對自己而言易懂的形式，因而完成本書草稿。之後再將草稿給一些對英文感到困擾的學生及上班族看，請他們指出原先沒注意到的問題再加以修正，重複進行「批評⇄修正」的工作，直到獲得認同為止，於是便完成這本《圖解 一看就懂的英文文法書》。

　　本書以深入淺出的圖解手法，將艱澀難懂的英文文法，以容易背記、理解的方式呈現，不信的話，請與您手邊正在使用的教科書、文法書進行比較，一定能馬上了解其中的差異。

2008年1月　工藤三男

本書特色與使用方法

特色 1 麻雀雖小五臟俱全

　　本書雖然僅有二百多頁，但內容卻幾乎涵蓋各種階段英文文法的重要事項。只要一本就足以理解學校的上課內容，並能提供各種考試、英文會話等必要的文法基礎知識。

特色 2 用眼睛理解文法的圖解書！

　　本書的主角是**"圖解"**，文字解說只不過是配角。

　　文法與句型的重點全以圖解方式，清楚明白地表現出來，因此不需苦讀那些艱澀難懂的解說文字，就能輕鬆（在上班或上學途中）學會英文文法。

　　例如：P.30除了下列的圖解之外，還有文字說明「否定句」及「疑問句」的造法。本書以圖解方式，省略了說明的部分，因此只要用眼睛就能理解每一句的造法。

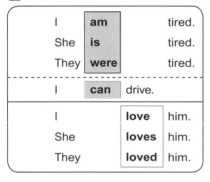

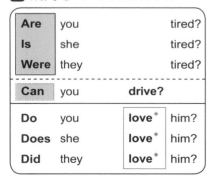

特色 3 一覽表秀出整體！

　　左頁"圖解"一覽秀出「be動詞」、「助動詞」、「一般動詞」的「肯定句」、「否定句」、「疑問句」、「否定疑問句」共12種。本書將互相關連的項目或是比較後，方便理解的事項，全都整理成一覽表的形式。

　　一覽表常見於各章（Chapter）開頭，其作用相當於各章內容的縮影。下列這個一覽表就出現在「助動詞」一節中（P.83），有助於預先了解各章重點，也能確認、複習已習得的事項等。

> 應該記的助動詞總整理！

●「助動詞」一覽表

	意思		相反的意思	過去的意思
can ◐P.84	會～（≒**be able to**）	能力・可以	can't (cannot)	could
	可能性（can't：不可能～）		must	can't have pp
may ◐P.85	可以～	許可	may not must not	
	說不定～	推測	may not	may have pp
must ◐P.86	必須～ （≒**have to**）	義務	don't have to don't need to	had to
	must not：不可以～	禁止	may	
	一定～	確信	can't	must have pp
should / **ought to** ◐P.87	應該～	義務	should not / ought not to	should have pp / ought to have pp
	應該～	推測		
	《感情》的"should" ／ 《要求》的"should"			
need ◐P.89	need not：不需要～ （＝don't need to）	不必要	must	need not have pp
had better ◐P.90	最好～	建議	had better not	

◇pp＝過去分詞

will / **would** ◐P.92	will	強烈意志	要
	will not		不要
	would not		當時不要～
	would	過去習慣	以前經常～
	used to	過去習慣	以前〔經常〕～
		過去狀態	以前～

◇表「未來」的"will"。 ◐P.56

例句不只是單純的例句！

下列摘自P.21部分內文。〔 〕指譯文中可被省略的部分，代表著〔雖然重要，卻不翻譯出來〕。（ ⇨）代表「（**直譯** ⇨）**意譯**」，是「（確實理解句子及文法後 ⇨）考慮整體的意思」。上方的小注釋（如下列的 "沒人"）則是為了初學者理解例句中的詞彙所作的安排，只要看小注釋下方的譯文，就能馬上理解單字或片語。

	V	**S**	◇There is句型 ●下面的MEMO
B）There	**is**	a **bar**	on the top floor.
C）There	**are**	seven **days**	in a week.
D）There	**was**	**nobody**	there.

B）頂樓有〔一個〕酒吧。

C）（有七天在一個星期中 ⇨）一星期有七天。◀━━ （直譯 ⇨）翻成通順的中文才易懂！

D）（當時**沒有人**在<u>那裡</u> ⇨）當時那裡沒人。
（小注釋：nobody 沒有人）

原則上，本書以上、下或左、右並排例句的方式，將中、英文作對照，因此也能當成英翻中（中翻英）的練習。

下列摘自P.77部分內容，可以用紙張遮住右半邊，之後再改換左半邊，並漸漸下移紙張，便可從「主動語態」一句一句換成「被動語態」、從基本句型練習到應用句型。

D）	Ruby **killed** Oswald.	Oswald was killed by Ruby.
E）	**Did** Ruby **kill** Oswald?	Was Oswald killed by Ruby?
F）	Who **killed** Oswald?	*1 Who was Oswald killed by?
		*2 By whom was Oswald killed ?
G）	Why did Ruby kill Oswald?	Why was Oswald killed by Ruby?

D）Ruby殺了Oswald。　　　　Oswald被Ruby殺了。

E）Ruby殺了Oswald嗎？　　　Oswald被Ruby殺了嗎？

F）誰殺了Oswald呢？　　　　Oswald被誰殺了呢？

G）為什麼Ruby殺了Oswald呢？　為什麼Oswald被Ruby殺了呢？

不用擔心艱澀的文法用語！

為了避免使用難懂的說明，本書把艱澀的文法用語一改如下：

一般說明		本書說明
表示時間‧條件的副詞子句	⇨	時間子句‧條件子句 ◐ P54
關係代名詞‧關係副詞的「補述用法（非限定用法）」	⇨	「逗點用法」◐P167

下面的 A 是「感官動詞的3種句型」，一般解釋如下方所示。

而 B 則是摘自本書P.121，把 A 換成易懂的說明。但 "文法" 上正確地說，第二行應該是「原形的正在進行式」、第三行應該是「原形的被動語態」。但如果把「see O ～ing」變成「看見 O 正在ing」、「see O pp」變成「看見 O 被pp」，將【句型】和【意思】用同一種形式表現出來，會比較**容易理解及背記**，所以本書採用後者。

A | 【句型】 | 【意思】 |
|---|---|
| 「感官動詞‧O‧原形」是 | 「看見 O ～」的意思。 |
| 「感官動詞‧O‧現在分詞」是 | 「看見 O 正在 ～」的意思。 |
| 「感官動詞‧O‧過去分詞」是 | 「看見 O 被 ～」的意思。 |

B

II	see（等）	O	原形		看（等）	O	原形
III	see（等）	O	～ing		看（等）	O	正在ing
IV	see（等）	O	pp		看（等）	O	被pp

本書採用上述的編輯方法，應該能大幅減輕英語學習者的負擔——尤其是「對英文感到困擾」的人，以及苦於背記繁雜資料的學生們。希望各位讀者能活用本書，以最短的時間與勞力獲得最大的學習成果。

5

目錄

Part 1　快速複習 英文文法ABC　　11

CONTENTS

快速複習
英文文法ABC

品詞的基礎知識

英文文法中的品詞包括名詞、代名詞、動詞（助動詞）、形容詞、副詞、介系詞及連接詞等。在開始進入英文文法的學習前，就讓我們先來簡單認識何謂品詞吧！

1 名詞

①	花子	女孩	人類
	Hanako	girl	human

②	手指	血	疼痛
	finger	blood	pain

③	顏色	香味	春天
	color	fragrance	spring

　　名詞是表示人或東西的**名稱**。雖然②的「**疼痛**」是眼睛看不見的抽象東西，但它與①的「**花子**」、「**女孩**」相同，都是一種**名稱**、**名詞**（如同 被叫做「**女孩**」一樣，「切到手時感到不舒服的感覺」就叫做「**疼痛**」）。

2 代名詞

代替 名詞 使用的詞語就叫做 代名詞 。例如：花子對著Meg～

| Hanako | will lend | Meg | Hanako's | umbrella. | 花子 | 將借給 | Meg | 花子的 | 傘。 |

～用 代名詞 替換之後，如下所示。

| I | | will lend | you | my | | umbrella. | 我 | 將借給 | 你 | 我的 | | 傘。 |

◇事實上，中文可能會翻成「我借你傘」。

3 動詞與助動詞

　　動詞表示人或東西做了什麼 動作 或是處於什麼 狀態 。 助動詞 則置於動詞前，為動詞補足各種意思。

　　　　　　助動詞　　　動詞

　　　　　　　　　　　　　　　　　每個A) 的句子中，動詞皆為現在式

1. A）He 　　　　　 plays 　 the violin.　　　　　　他 　　 拉 小提琴。
   B）He 　can　 play* 　 the violin.　　　　　　他 會 拉 小提琴。

2. A）It 　　　　　 is 　　 in the freezer.　　　　　那 　　　 在 冰箱裡。
   B）He 　will　 be* 　 at home this evening.　他今晚 將 在 家。

3. A）I 　　　　　 am 　 eighty-nine.　　　　　　（我 　　 等於 89 ⇨）

　　　　　　　　　　　　　　　　　　　　　　　　我89歲。

   B）I 　will　 be* 　 ninety next year.　　　明年（我 將 等於 90 ⇨）

　　　　　　　　　　　　　　　　　　　　　　　　我將要90歲。

　　　　　　　　　助動詞的後面是原形動詞　　　◇ 等於 ○ 請參下方MEMO

---

be動詞與一般動詞

be動詞 ◇原形：be ◇現在式：am / is / are	基本上，有「存在」（上述例句2.）及「等於」（上述例句3.）兩種意思。「存在」一般翻成「在」；「等於」一般翻成「是」或省略不翻（上述例句3.）。
一般動詞	「be動詞」以外的動詞。例如："lend"（前頁②）/ "play"（上述例句1.）等。

4 形容詞與副詞

形容詞基本上是用來**修飾名詞**（與名詞相關／說明名詞）。下面第一個例句中的形容詞 優美的 就是用來修飾名詞 舞蹈 （說明是怎樣的舞蹈）的。

副詞可用來修飾①**動詞**、②**形容詞**、③**副詞**、④**整句**等。如下①所示，副詞 優美地 就是用來修飾動詞 跳舞 （說明怎麼跳）的。

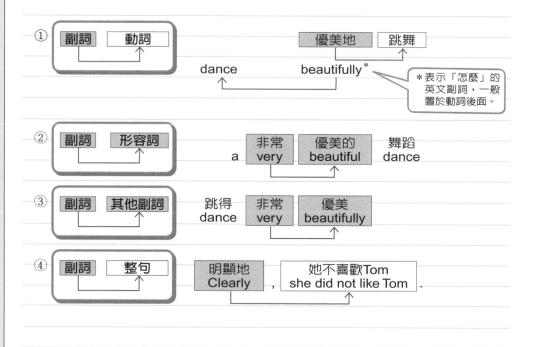

MEMO　如何分辨形容詞與副詞

只要用 簡單的例句 來思考它與什麼有關，就能分出形容詞與副詞，例如：

	形容詞	名詞			動詞	副詞	
「high：高」	高的	建築物	a high building		跳得	高	jump high

如上所示，英文裡，同一個詞彙可能是不同的詞性。

形容詞	angry	生氣的	careful	小心的	high	高的	last	最後的	warm	溫暖的
副　詞	angrily	生氣地	carefully	小心地	high	高	last	最後地	warmly	溫暖地
名　詞	anger	憤怒	care	小心、擔心	height	高度	last	最後	warmth	溫暖
動　詞	anger	激怒	care	關心	heighten	加高	last	持續	warm	加溫

5 介系詞

其他詞彙　介系詞　名詞
　　　　　　完整的意思
└─── 修飾 ───┘

介系詞置於名詞*前 ── 介系詞之後是名詞*。
介系詞 ＋ 名詞 表示一個完整的意思，一般用來修飾（說明）其他詞彙。名詞常與冠詞一起出現。 ○P.178　＊或指代名詞、動名詞等。

1. A）He put out the lamp on the table.

他關掉 桌 上的 燈。
◇ "on the table" 說明「燈」在哪裡。

　 B）She put the lamp on the table.

她把燈放在 桌 上。
◇ "on the table" 說明「放」在哪裡。

2. Bordeaux is famous for its wine.

波爾多 因 葡萄酒 聞名。

3. Most of an iceberg is under water.

大部分 的 冰山 都在 水面 下。

6 連接詞

連結子句與子句*的**連接詞**，可分成以下**2個種類**。

＊連接詞可連結「單字」與「單字」、「片語」與「片語」、「句子（子句）」與「句子」等。 ○P.188

A 「句子與句子之間」的連接詞

| A | 接 | B |

在中間連結A與B

1. He cooks ____ and she washes the dishes .

他作菜，她 則 洗碗。

2. I have a driver's license , but I don't have a car .

我有駕照， 可是 沒有車。

B 加在「某個句子前」的連接詞

連 A	B
完整的意思	
B	連 A
	完整的意思

這種連接詞連結A句與B句時，並不置於A與B之間，而是置於A句前。同時 連接詞 A 表示一個完整的意思。

3. When she feels lonely , she talks to her cat .

當 她感到寂寞時， 就跟貓說話。

4. I'm very hungry because I skipped lunch .

我很餓 因為 我沒吃午餐。

Chapter 2 主詞與動詞

英文的「動詞」緊接在「主詞」後（一說完主詞，就能表現主詞「要做什麼」、「是什麼狀態」）。

如下所示，英文的主詞與動詞是句子的中心，有如「樹幹」一般。

主部		述部	
主詞【S】		〔述語〕動詞【V】	

1. This train | stops at all stations.
   修飾詞　句子的要素 ○P.18　句子的要素　修飾詞
   └修飾→（相關）　└──修飾──

2. He | can swim very well.

3. About 1,000 people | came to hear her speech.

4. Baghdad | is the capital of Iraq.

5. I | respect him deeply.

└── S與V是句子的中心 ──┘

1. 這輛 火車 | （所有車站⇨）每站都 停 。

2. 他 | 可以游 得很好 。

3. 約有1,000 人 | 來 聽她的演講 。

4. 巴格達 | 是 伊拉克的 首都 。

5. 我 | 深深地（打從心裡） 尊敬 他 。

1 主部與述部

　　一般句子可分成2大部分：句子的主題稱爲 主部 ，而敘述關於句子主題的部分則稱爲 述部 。

❶ 但有些句子無法分主部與述部。

　　例如：Thanks.（謝謝）／ So what？（所以呢？）

2 主詞與述語動詞

　　構成 主部 中心的詞語稱爲 主詞 [簡稱S] ；構成 述部 中心的則稱爲 述語動詞 [簡稱V]（使用上，一般常只稱「動詞」）。當句子的主部只有一個單字時（前頁例句2、4、5），主部就等於主詞。而述語動詞可能有「1個動詞」（前頁例句1、3～5）或「助動詞＋動詞＝2個單字以上」的情況。

❶ 主詞可能是名詞、代名詞等。

　　1 train　3 people　4 Baghdad ＝ 名詞 　　2 He　5 I ＝ 代名詞

3 修飾詞

　　構成句子骨架的 主詞S 或 動詞V 稱爲「句子的〔主〕要素」，其他部分則稱爲「修飾詞（句）」（前頁例句標示下線或波線的部分）。藉由修飾詞修飾（具體說明）句子的要素，讓句意更加仔細明確。修飾詞可分成與名詞相關的〔類似〕形容詞＝ 形 ，以及與動詞相關的〔類似〕副詞＝ 副 。

　　以前頁的例句爲例：

1. This 冠 ：說明哪一輛「火車」。

　　at all stations 副 ：說明在哪裡「停」。

2. very well 副 ：說明「游」得如何。

3. About 1,000 形 ：說明怎樣（多少）的「人」。

　　to hear her speech 副 ：說明爲何而「來」。不定詞表目的，雖然"hear"是動詞，但在此是修飾詞的一部分，並非述語動詞V。 ➲ P.99 C

4. the 形 ：定冠詞，表示特定國家的「首都」。 ➲ P.178

　　of Iraq 形 ：說明哪裡的「首都」。

5. deeply 副 ：說明如何地「尊敬」。

Chapter-2　主詞與動詞

主部與述部 / 主詞與述語動詞 / 修飾詞 / 補語・受詞

1 英文文法ＡＢＣ

2 動詞

3 動狀詞

4 理解句型

5 品詞的應用

4 補語・受詞

　　修飾詞是加在句子要素中的**附屬詞**，所以即使省略了修飾詞，句子仍然成立（意思通）。下面我們將P.17例句中的修飾詞（標示下線與波線的部分）刪除，只列出句子的要素。

主詞S	動詞V			
1. Train	stops		火車	停
2. He	can swim		他	可以游
3. People	came		人	來
4. Baghdad	is	capital*1	巴格達	是　首都*1
5. I	respect	him*2	我	尊敬　他*2

　　如同主詞、動詞，＊1與＊2也是**句子的要素**。雖然即使省略修飾詞，句子仍成立，但如果省略＊1與＊2，就無法了解意思了。

4. Baghdad	is	?	巴格達	是　?
5. I	respect	?	我	尊敬　?

　　如下所示，當 "**capital**" 與主詞的 "**Baghdad**" 是**相等關係**時，就把它稱為「補語」。而 "**him**" 是**動詞的接受者**時，就把它稱為「受詞」。

　　4. Baghdad is capital*1　◇is ●P.13的MEMO
　　巴格達　　　首都　等於

　　5. I respect him*2
　　　尊敬　《他》

> **MEMO**
>
> **修飾詞的位置與介系詞片語**
>
> 　　英文中，一般會把短而簡單的部分放在前面、**長而複雜的部分放在後面**，所以2個單字以上的修飾詞大多放在後面。
>
> 　　P.17中，以波線標示的英文〈介系詞＋〔…〕名詞〉，表示〈1個完整的意思〉就稱為「介系詞片語」（以介系詞為首的片語）。**介系詞片語大多是修飾詞**，不過2個單字以上的修飾詞較常放在後面。P.15的 "on the table"、"under water" 等，也是介系詞片語（就是修飾詞）。

Chapter

3

句型

英文通常以〈主詞S＋動詞V〉為中心，再加上補語或受詞等其他要素，表現出各種不同的意思。而在〈主詞＋動詞〉之後的其他要素，又要如何排列呢？在英文裡可以分成下列5種模式，我們稱為「5大句型」。

✏️「5大句型」一覽表

① 第1句型	Wood **S** 主 語	burns. **V** 動 詞		

① 第1句型

Wood — **S** 主 語 / burns. — **V** 動 詞

② 第2句型

Today — **S** 主 語 / is — **V** 動 詞 / Sunday. — **C** 補 語

③ 第3句型

She — **S** 主 語 / plays — **V** 動 詞 / golf. — **O** 受 詞

④ 第4句型

Cows — **S** 主 語 / give — **V** 動 詞 / us — **O₁** 受 詞《人》 / milk. — **O₂** 受 詞《物》

⑤ 第5句型

They — **S** 主 語 / made — **V** 動 詞 / me — **O** 受 詞 / captain. — **C** 補 語

①	木頭	會燃燒。
②	今天	是星期日。
③	她	打高爾夫球。
④	牛	提供我們牛奶。
⑤	他們	（讓）選我當隊長。　◇make O C：讓 O 當 C

① 只有〈S＋V〉，沒有其他要素的最單純形式，稱為**第1句型**。●P.21

② 〈S＋V〉後接 補語 ，稱為**第2句型**。●P.22

③ 〈S＋V〉後接 受詞 ，稱為**第3句型**。●P.23

④ 〈S＋V〉後接2個受詞（ O₁ 與 O₂ ），稱為**第4句型**。●P.25

⑤ 〈S＋V〉後接 受詞 與 補語 ，稱為**第5句型**。●P.27

1 第1句型 Ｓ Ｖ

Wood　burns.

第1句型的骨架是由**主詞**［**簡稱S**］與**動詞**［**簡稱V**］構成，多數會加上修飾詞。

	S	V	◇細體字全是修飾詞。
1.A）	Dry **wood**	**burns**	easily.
B） Sometimes	**we**	**went**	for a walk after lunch.
C）	**Oil and water**	**do not mix**	.
2.A）	The **bar**	**is**	on the top floor.

	V	S	◇There is句型 ◯下面的MEMO
B） There	**is**	a **bar**	on the top floor.
C） There	**are**	seven **days**	in a week.
D） There	**was**	**nobody**	there.

1.A） 乾燥的**木頭易燃**。

　B） 以前有時候吃完午餐，**我們會去散步**。

　C） **油水**（不能混合）**不相容**。

2.A） **酒吧在頂樓**。

　B） **頂樓有**〔一個〕**酒吧**。

　C） （**有七天在一個星期中** ⇨）一星期有七天。

　D） （當時**沒有人**在那裡 ⇨）當時那裡沒人。
nobody

❶ 建議把 1. C）的 "Oil and water" 當成S、"do not mix" 當成V。

　　　2. 的各例句中，be動詞皆代表「存在」。◯ P.13

　　　2. 的 B）～D）例，屬於 There is 句型 。

MEMO

　　There is句型 There is S 有S

　　〈There is S〔…〕/ There are S〔…〕〉表示〈〔某處〕有S〉的意思，屬於特殊的第1
單數　　　　　　　　複數
句型，"be" 動詞置於主詞前。此句型的 "there" 無意義（與上述例句2.的D）表示「那裡」的
"there" 不同）。疑問句的形式是〈Is（Are）there S〔…〕？〉。

2 第2句型

S	V	C：補語
Today	is.	Sunday.

第2句型的 動詞 後接 補語 [簡稱C] 。這類句型的動詞象徵「等於」be動詞。

◎ P.13的MEMO

S	V	C
Today	is	Sunday.

等於

（今天 is 星期日⇨）**今天是星期日**。

此例句的主詞與 "Sunday" 屬於「相等」關係，因此 "Sunday"（與主詞「相等」的詞）就稱爲 補語 。基本上，補語是名詞或形容詞。

下列將第2句型〈主詞等於補語〉的動詞分成 be 與 be之外 。

A	S	be		C	S等於C

B	S	become, get, grow, turn	C	S〔等於〕變成C
	S	look / seem / sound	C	S〔等於〕看起來像C / 像C / 聽起來像C
	S	feel / smell / taste	C	S〔等於〕感覺是C / 聞起來是C / 吃起來是C
	S	keep, remain, stay	C	S〔等於〕保持C

	S	be	C	＊「補語」是形容詞。
1.	Air **shows**	**are**	**dangerous***.	飛機秀〔＝〕很危險。
2. **Was**	the **exam**		**easy*** ?	考試〔＝〕簡單嗎？

	S	be以外	C	
3.	**She** and I	**became**	good friends.	她和我〔＝〕變成了好朋友。
4.	The **players**	**look**	**tired***.	選手們〔＝〕看起來很累。
5.	**I**	**feel**	**cold***.	我〔＝〕覺得冷。
6.	**We**	**can't stay**	**young***	我們〔＝〕不可能永遠保持年輕。
			forever.	

She　　plays　　golf.

3 第3句型　　S　　V　　O：受詞

第3句型的 動詞 後接 受詞〔簡稱O〕。

	S	V	O：受詞	
1.A）	Bill	has	a shotgun	比爾有 一支散彈槍 。
B）	Her success	surprised	everyone	她的成功讓 大家 感到驚訝。
C）	We	don't employ	smokers	我們不僱用 抽菸者 。
D）	He	resembles	my son	他長得像 我兒子 。
E）	I	dislike	them	我不喜歡 他們 。

Ａ 受詞〔O〕

如果刪除上述各例句 動詞 之後的 　　　　　　 ，句子就不成立。**換句話說，為了完成句子**，這些動詞需要後接的詞語，它們就稱為 動詞 的 受詞 。與主詞相同，**名詞、代名詞**也可以當受詞。

Ｂ 及物動詞與不及物動詞

《及物》動詞	需要《受詞》的動詞（第3～第5句型的動詞）
不及物動詞	不需要受詞的動詞（第1、第2句型的動詞）

◇把及物動詞的《物》想成是《受詞》。

根據《受詞》的必要性，可將動詞分成**及物動詞**與**不及物動詞**。如下面1.中的各例句動詞，都是**需要《受詞》的「及物動詞」**；而下面2.的部分，**不需要受詞的就是「不及物動詞」**。

1. 主詞	《受詞》			《受詞》	《受詞》
	have 有	surprise 使驚訝	employ 僱用	resemble 長得像	dislike 不喜歡

沒有受詞，句子就不成立
＝及物動詞

2. 主詞	appear 出現	fall 掉落	flow 流	happen 發生	skate 溜冰

沒有受詞，句子仍成立
＝不及物動詞

我們就以中文的例子來思考看看吧！

「變」是及物動詞？不及物動詞？	「主詞（S）變（了）」的意思成立，所以是不及物動詞。
「換」呢？	「主詞（S）換」的意思不成立，如果是「主詞（S）換《受詞》」就OK。因為需要《受詞O》，所以是及物動詞。
縮小／使縮小	「主詞（S）縮小」是不及物動詞。 「把《受詞O》縮小」是及物動詞。
浮起／使浮起	「主詞（S）浮起」是不及物動詞。 「使《受詞O》浮起」是及物動詞。

C 及物動詞與不及物動詞的比較

下面我們就來比較第3句型的 及物動詞 與第1句型的 不及物動詞 。

	S	V	O		
3. A）	**Isabel**	**studied**	**law**	at Yale.	Isabel曾在耶魯大學讀法律。
B）	**He**	**left**	**Kushiro**	yesterday.	他昨天離開了釧路（地名）。
4. A）	**We**	**reached**	**the hotel**	after midnight.	我們在午夜之後抵達了飯店。

	S	V		
3. C）	**Isabel**	**studied**	at Yale.	Isabel曾就讀於耶魯大學。
D）	**They**	**left**	for Kushiro yesterday.	他們昨天啓程前往釧路（地名）。
4. B）	**We**	**arrived**	at the hotel after midnight. ＝4. A）	

❷ 3. 同一個英文動詞可當及物動詞，也可當不及物動詞。

B）	leave O	離開　　O［及物動詞］
D）	leave <u>for</u>～	啓程前往～［不及物動詞］　◇ "<u>for</u>～"是介系詞片語＝修飾詞 ◉ P.19的MEMO

4. A）的及物動詞常被誤接介系詞。B）是不及物動詞。

A）	reach O	抵達O（× **reach** to O）
B）	arrive <u>at</u>～	抵達～

其他的及物動詞
approach O：接近 O　（× approach to O）
discuss　O：討論 O　（× discuss　about）
marry　　O：嫁／娶O　（× marry　　with）

4 第4句型

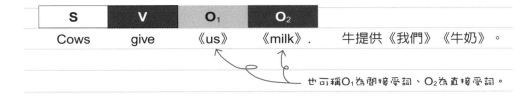

第4句型的 **動詞** 後接2個受詞。

一般第一個受詞 **O₁** 放《人》，之後的受詞 **O₂** 放《**物**》（例如下面例句的《us》和《milk》）。**第4句型就是《給人·物》的句型——動詞後接《人·物》就是第4句型。**

S	V	O₁	O₂	
Cows	give	《us》	《milk》.	牛提供《我們》《牛奶》。

也可稱O₁為間接受詞、O₂為直接受詞。

第4句型的動詞可分成以下幾類。

A "give" 組動詞：《給人》《物》

		人	物
1	give ：給		
2	show：展現		
3	tell ：說		

◇其他例如——lend：借／send：寄／teach：教／等等。

B "buy" 組動詞：《為人》做《物》

	為人		物
4		buy ：買	
5		make：做	
6		find ：找	

◇其他例如——cook：煮／get：得到／等等。

C ask

		人	物
7	ask：問		

	S	V	O₁	O₂	

A 1. I 'll give you a yukata . 我會給你一套浴衣。
◇I'll ○ P.31的MEMO

2. Taro showed his cousin his new bike 太郎向表（堂）哥（弟姊妹）**展示了**自己的新腳踏車。

3. They told the police everything 他們**告訴了**警察所有經過。

B 4. I 'll buy you a yukata . 我會**買給**你一套浴衣。

5. She made me a pizza 她**為**我**做了**披薩。

6. We found him a job 我們**為**他**找到**一個工作。

C 7. Can I ask you a question . 我可以**問**你一個**問題**嗎？

MEMO

「人」與「物」互換位置（第4句型與第3句型交換）

　　一般來說，可以將上面A與B中的 人 與 物 作位置的交換，不過被移到後方的「人」就得加上 **"to"** 或 **"for"**。但是一般並不交換C「ask：問」的位置。

A **"give"** 組加上〈to：給～〉。

A) give 人 物 = S V O₁ O₂ （第4句型）

B) give 物 **to 人** = S V O 修飾詞 （第3句型）

1. A) I 'll give you a yukata . 我會給你一套浴衣。

=B) I 'll give a yukata **to 你** . 我會把一套浴衣給你。

　　◇〈介系詞＋人〉就變成修飾詞，所以第4句型也可以變成第3句型。下面的B也是一樣。

B **"buy"** 組加上〈for：為～〉。

A) buy 人 物 = S V O₁ O₂ （第4句型）

B) buy 物 **for 人** = S V O 修飾詞 （第3句型）

4. A) I 'll buy you a yukata . 我會買給你一套浴衣。

=B) I 'll buy a yukata **for 你** . 我會買一套浴衣給你。

5 第5句型

They made me captain.

S **V** **O** **C**

第5句型的 動詞 後接 受詞 ，再接 補語 。

下面例句1.的動詞 "make〔made〕" 意指 「使～變成……」 。整句的意思是 「他們讓我當隊長」 ，其中 "me" 與 "captain" 是 「相等」 關係（我＝隊長）。此時，相對於 "captain" 位置的詞語 —— 擁有與受詞 「相等」 關係的詞語 —— 就稱爲 補語 。**第5句型就是 「O等於C」 的句型。**

S	V	O	C	
1. **They**	**made**	**me**	**captain** .	他們（我＝隊長⇨）讓我當隊長。
2. **You**	**may leave**	the **window**	**open** .	你就讓窗戶（繼續）開著。
3. **You**	**must keep**	the **gate**	**open** .	你必須讓大門（保持）開著。
4. **I**	**found**	the **safe**	**empty** .	（我發現保險箱＝空的⇨）我打開保險箱，發現是空的。

2.	leave	O	C	O＝C（繼續某狀態）
3.	keep	O	C	O＝C（刻意保持某狀態）
4.	find	O	C	發現O＝C

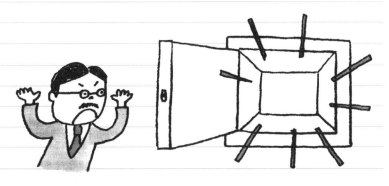

I found the safe empty.

27

6 5種句型的比較

下例將相同動詞置於不同句型裡，最右邊的①～⑤表示第1～第5句型。

	S	V	O	O	C	
1. A)	She	made	me	a pizza		④ ⊙ P.25
B)	She	made		a pizza	for me.	③ ⊙ P.23
C)	They	made		me	captain	⑤ ⊙ P.27

2. A)	They	left	for	Kushiro yesterday.		① ⊙ P.21
B)	He	left		Kushiro	yesterday.	③ ⊙ P.23
C)	You	may leave		the window	open	⑤ ⊙ P.27

3. A)	The cake	**will** not **keep**	till	tomorrow.		① ⊙ P.21
B)	You	**must keep**			quiet	② ⊙ P.22
	in the library.					
C)	You	should keep		the money	for the future.	③ ⊙ P.23
D)	You	must keep		the gate	open	⑤ ⊙ P.27

4. A)	She	found		a job	easily.	③ ⊙ P.23
B)	I	found		the job	easy	⑤ ⊙ P.27
C)	We	found	him	a job		④ ⊙ P.25
D)	We	found		a job	for him.	③ ⊙ P.23

1. A）她為我做了披薩。　　　　　　B）她做了披薩給我。

 C）他們讓我當隊長。

2. A）他們昨天啓程前往釧路。　　　B）他昨天離開了釧路。

 C）你就讓窗戶（繼續）開著。

3. A）蛋糕不能放到明天。　　　　　B）在圖書館裡必須保持安靜。

（keep）

 C）為了將來，你應該把錢存著。　D）你必須讓大門（保持）開著。

4. A）她很輕鬆地找到一個工作。

 B）（我發現那工作＝簡單⇨）我做了之後，覺得那工作很簡單。

 C）我們為他找到一個工作。　　　D）我們找到一個工作給他。

Chapter 4 句子的種類

英文句子可根據意思分成以下幾種。當基本的「肯定直述句」變成「否定」或「疑問」時，請留意句子如何變化。

1 英文文法ABC
2 動詞
3 動狀詞
4 理解句型
5 品詞的應用

「句子種類」一覽表

1. 直述句*		肯定	
		否定	
2. 疑問句	A）一般疑問句	～嗎？	以 { Yes / No } 回答。
	B）選擇疑問句	A？還是B？	無法以 { Yes / No } 回答。
	C）wh疑問句	{ Who / What / When等 } ～？ 誰　　什麼　何時	無法以 { Yes / No } 回答。
	D）附加疑問	～對吧？ / 是吧？	以 { Yes / No } 回答。
3. 祈使句		（去）～ / 請～	
4. 感嘆句		真是～啊！	

＊平鋪直述的句子，原則上是〈S＋V〉。

1.～3.皆各有肯定句與否定句（表中省略2.、3.的否定句）。原則上，例句2.中的 A）以及B）的 "or" 前的語調（intonation）為上揚↗，其他皆為下降↘。

1. A）		**This is**	mine. ↘	
B）		**This is not** yours. ↘		
2. A）		**Is this**	yours? ↗	**Yes**, it is. / No, it isn't.
B）		**Is this**	yours ↗ **or** his? ↘	It's his.
C）	**Whose** is this ? ↘			It's mine.
D）		**This is**	yours, **isn't it?** ◑P.37	**Yes**, it is. / No,it isn't.
3.		**Be**	quiet. ↘	
4.	**How** tall	he	**is**! ↘	

1. A）這是我的。

B）這不是你的。

2. A）這是你的嗎？　　　　是，它是。 / 不，它不是。

B）這是你的或他的？　　是他的。

C）這是誰的？　　　　　是我的。

D）這是你的，不是嗎？　是，它是。 / 不，它不是。

3.　安靜。

4.　他真高！

1 直述句與一般疑問句

否定句與疑問句的造法可分成2種 —— 一種是 be動詞 與 助動詞 的情況，另一種是 一般動詞 的情況。

be動詞 與 助動詞 自己就能造出否定句、疑問句；可是 一般動詞 則須借助 **"do / does / did"**。用了 "do / does / did" 的話，動詞就必須是原形*。

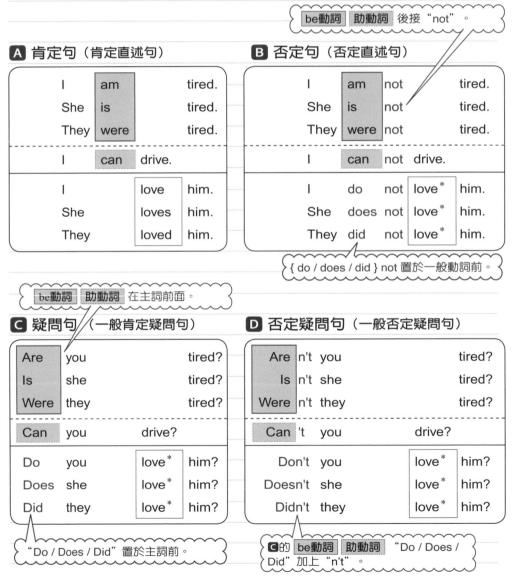

be動詞 助動詞 後接 "not"。

A 肯定句（肯定直述句）

I	am	tired.
She	is	tired.
They	were	tired.

I	can	drive.

I	love	him.
She	loves	him.
They	loved	him.

B 否定句（否定直述句）

I	am	not		tired.
She	is	not		tired.
They	were	not		tired.

I	can	not	drive.

I	do	not	love*	him.
She	does	not	love*	him.
They	did	not	love*	him.

{ do / does / did } not 置於一般動詞前。

be動詞 助動詞 在主詞前面。

C 疑問句（一般肯定疑問句）

Are	you	tired?
Is	she	tired?
Were	they	tired?

Can	you	drive?

Do	you	love*	him?
Does	she	love*	him?
Did	they	love*	him?

"Do / Does / Did" 置於主詞前。

D 否定疑問句（一般否定疑問句）

Are	n't	you	tired?
Is	n't	she	tired?
Were	n't	they	tired?

Can	't	you	drive?

Don't	you	love*	him?
Doesn't	she	love*	him?
Didn't	they	love*	him?

C的 be動詞 助動詞 "Do / Does / Did" 加上 "n't"。

1 英文文法ABC

2 動詞

3 動狀詞

4 理解句型

5 品詞的應用

MEMO

口語常用的 "縮寫"

is not	are not	I am not	was not	were not	{ he / she / it } is	{ we / you / they } are	➡ P.30
isn't	aren't	I'm not	wasn't	weren't	he's / she's / it's	we're / you're / they're	

do not	does not	did not	➡ P.30	will not	would not	{ I / he } will	{ I / he } would	➡ P.56
don't	doesn't	didn't		won't	wouldn't	I'll / he'll	I'd / he'd	

have not	has not	had not	I have	he has	{ I / he } had	➡ P.61
haven't	hasn't	hadn't	I've	he's	I'd / he'd	

cannot	could not	must not	should not	need not	➡ P.83
can't	couldn't	mustn't	shouldn't	needn't	

◇ "can" 的否定是 "cannot" 或 "can't"。

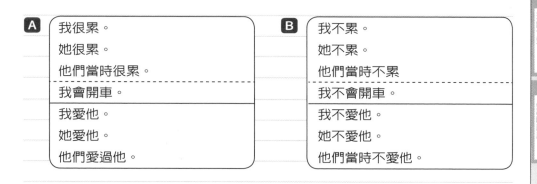

A
我很累。
她很累。
他們當時很累。
- - - - - - - - - - - -
我會開車。
- - - - - - - - - - - -
我愛他。
她愛他。
他們愛過他。

B
我不累。
她不累。
他們當時不累
- - - - - - - - - - - -
我不會開車。
- - - - - - - - - - - -
我不愛他。
她不愛他。
他們當時不愛他。

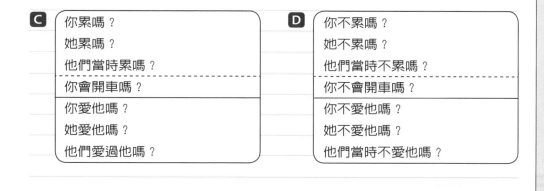

C
你累嗎？
她累嗎？
他們當時累嗎？
- - - - - - - - - - - -
你會開車嗎？
- - - - - - - - - - - -
你愛他嗎？
她愛他嗎？
他們愛過他嗎？

D
你不累嗎？
她不累嗎？
他們當時不累嗎？
- - - - - - - - - - - -
你不會開車嗎？
- - - - - - - - - - - -
你不愛他嗎？
她不愛他嗎？
他們當時不愛他嗎？

📝 疑問句的回答：「對／不對」與 "Yes／No" 的差異

▶中文的 (對) 是「肯定」【對方的問題】；反之，(不對) 就是「否定」【對方的問題】

A)　【對方的問題】　　　　　　【答案】為「是（會）」　　→ 用 (對 [沒錯]) 來肯定問題。
　　　(是（會）～嗎)？ }　　　　「不是（不會）」 → 用 (不對 [錯了]) 來否定問題。

B)　【對方的問題】　　　　　　　「是（會）」　　→ 用 (不對 [錯了]) 來否定問題。
　　　(不是（不會）～嗎)？ }　　「不是（不會）」 → 用 (對 [沒錯]) 來肯定問題。

── 之後再接【自己的答案】 (是（會）) 或 (不是（不會)) 。

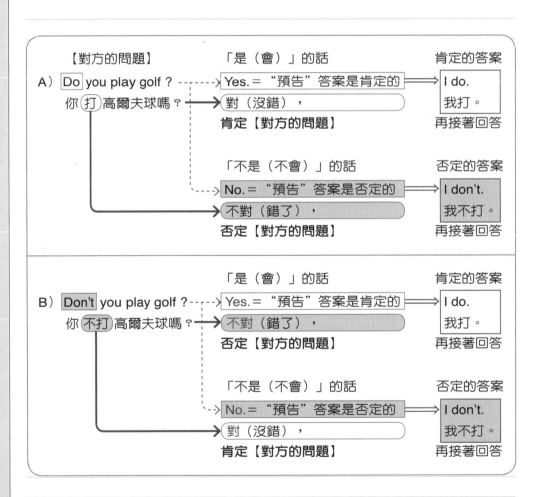

32

▶英文的 Yes 代表 答案是肯定的 ； No 代表 答案是否定的 。

　Yes　No 代表「**答案是肯定的**」與「**答案是否定的**」意思，也就是 "預告" 對方自己的答案是 肯定的 或 否定的 。跟中文不同的是，英文並不用「**對**」、「**不對**」來回應【**對方的問題**】。因此：

A）用 " Do you" 來問　　當自己的答案是 是（會） 時，Yes ⟶ I do

不是（不會） 時，No ⟶ I don't

也就是——

B）用 " Don't you" 來問　當自己的答案是 肯定的 時，Yes ⟶ 肯定

　與【問題】的形式無關　　　　　　否定的 時，No ⟶ 否定

　如上所述，由於英文的 "Yes / No" 與中文的「對 / 不對」不同，所以碰到否定的【問題】時〔◑前頁B）、下方的 D 〕，回答如下：

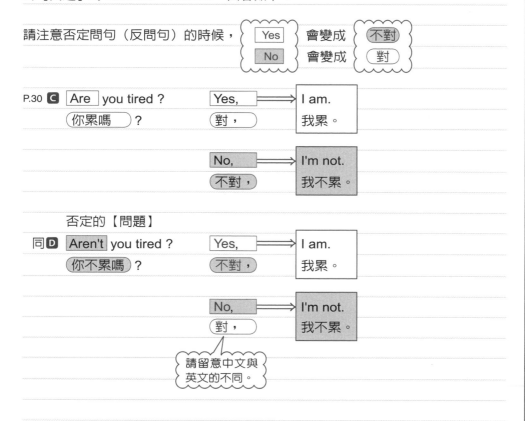

請注意否定問句（反問句）的時候，　Yes 會變成 不對

No 會變成 對

P.30 C　 Are you tired ?　Yes, ⟶ I am.

你累嗎 ?　對，　我累。

No, ⟶ I'm not.

不對，　我不累。

否定的【問題】

同 D　 Aren't you tired ?　Yes, ⟶ I am.

你不累嗎 ?　不對，　我累。

No, ⟶ I'm not.

對，　我不累。

請留意中文與英文的不同。

33

2 選擇疑問句

選擇疑問句就是〈A↗ or B↘：A？還是B？〉的疑問句。

1. Do they live on land↗ **or** in water↘?　　他們（它們）住在陸上？**還是**水裡？
　── 〔They live〕 In water.　　　　　　　──水裡。

2. Did you call him, **or** did he call you?　　你打電話給他？**還是**他打給你？
　── I called him.　　　　　　　　　　　──我打給他。

3 wh疑問句（特殊疑問句）

wh疑問句就是用"**who**"、"**what**"等**疑問詞**的疑問句，也稱為特殊疑問句。
原則上，**疑問詞置於句首**。

	S	V	C	◐P.22	
1. A)	He	is	Mr. Ida. ↘		他是井田先生。

B)　　Is　he　　Mr. Ida ? ↗　　　他是井田先生嗎？
×　　Is　he　　who ? ↗

C) Who　is　he ? ↘　　　　　　　他是　誰？
　　C　　V　S

	S	V	O	◐P.23	
2. A)	He	wants	a bat for his birthday.		他生日想要一支球棒。

B)　　Does　he　want　a bat ? ↗　　　他想要一支球棒嗎？

C) What　does　he　want　? ↘　　　他想要什麼？

有關**疑問詞是不是主詞**，wh疑問句可分成**2種形式**（語序）。

A **疑問詞不是主詞**—— 疑問詞後接 | V* | S | （如一般疑問句）。

◇V* = "be" 或助動詞

	疑問詞	V*	S		
一般疑問句 ➡ P.30		Does	he	live there ? ↗	他住在 那裡 嗎？
wh疑問句	**Where**	does	he	live ? ↘	他住在 哪裡 ？

疑問詞在 | V* | S | 前！"there" 變成 "where"，並出現在句首。

B **疑問詞是主詞**—— 與直述句相同，| 疑問詞＝S | V | （疑問詞後接動詞）。

除了疑問詞是主詞之外，一般疑問句都是〈V*・S〉。

	疑問詞＝S	V		
直述句 ➡ P.30	**He**	**lives**	there. ↘	他 住在那裡。
wh疑問句	**Who**	**lives**	there ？ ↘	誰 住在那裡 ？

疑問詞就是 | S | ！"He" 的位置 （句首）變成 "Who"。

where　　　who

35

A 疑問詞 [V*] [S] ——疑問詞不是主詞的情況

疑問詞不是主詞的wh疑問句，表示「主詞是**誰**…？」、「主詞是**什麼**…？」。
疑問詞後接 [V*] [S]，與一般疑問句相同。＊"be"或助動詞

1.	**What** [does] [she] do?	她（做什麼⇨）的工作是什麼？	
	—— She works in a car factory.	她在汽車工廠工作。	
2.	**What** [time] [will] [it] begin?	那會幾點開始？	
	—— It will begin at three.	3點。	
3.A）	[Did] [you] come by bus?	你坐公車來的嗎？	
	—— Yes, I did.	對，沒錯。	
B）	**How** [did] [you] come?	你怎麼來的？	
	—— I came by bus.	坐公車〔來的〕。	

B [疑問句＝S] [V] ——疑問詞是主詞的情況

疑問詞為主詞的wh疑問句，是表示〈誰…嗎？〉、〈什麼…嗎？〉的意思。排列
與直述句相同。

	S	V	
4.A）	[A strange thing] [happened] .	發生了一件怪事。	
		◇直述句 **○**P.29	
B）	[What] [happened] ?	發生了什麼事（怎麼了）？	
	—— Nothing 〔happened〕.	（沒事發生⇨）什麼也沒發生。	

		S	V	C	
5.A）		[Which bike] [is] yours?	哪一輛腳踏車是你的？	
	—— This one is mine.	這一輛。	
	◇避免重複bike，而用代名詞one 來取代。	

	C	V	S	
B）	**Whose** bike [is] [this] ?	這是誰的腳踏車？	
	—— It's Ken's.	Ken的。	

		S	V	O	
6.A）		[Who] [said] that?	誰說的？	
B）	**Why** [did] [you] say that?	你為什麼那麼說？	

	O	助	S	V	
C）	**What** [did] [he] say?	他說了什麼？	

4 附加疑問

　　附加疑問就是在肯定句或否定句之後**加上簡短的反問句**，讓原本的句子有了「…不是嗎？／…對吧？」的意思。附加疑問的主詞是**代名詞**。

①**be動詞句**　②**助動詞句**　③**一般動詞句**　◯ P.30

A 肯定句 ⟹ 否定 的附加疑問：加上 "n't"

① A) He **is** sick. 他生病了。
　 B) He **is** sick, **isn't** he ? 他生病了，不是嗎？

② A) Gina* **will** come, **won't** she* ? Gina會來，不是嗎？
◇won't＝will not

③ A) You **like** it, **don't** you ? 你喜歡這個，不是嗎？
　 B) John* **wears** glasses, **doesn't** he* ? John戴眼鏡，不是嗎？
　 C) She **agreed** with you, **didn't** she ? 她同意你了，不是嗎？

＊請注意附加疑問的主詞是代名詞。

B 否定句 ⟹ 肯定 的附加疑問：刪掉 "not（n't）"

① C) He **isn't** sick. 他沒生病。
　 D) He **isn't** sick, **is** he ? 他沒生病，不是嗎？

② B) Gina* **won't** come, **will** she* ? Gina不會來，不是嗎？

③ D) You **don't** like it, **do** you ? 你不喜歡這個，不是嗎？
　 E) John* **doesn't** wear glasses, **does** he* ? John沒戴眼鏡，不是嗎？
　 F) She **didn't** agree with you, **did** she ? 她沒同意你，不是嗎？

　　原則上，**A** 的部分加上 "not"、**B** 的部分刪掉 "not"，不過一般動詞的肯定句例外。

A ③ 用 like 的否定〈don't like〉當中的 don't 。
　　 用 wears 的否定〈doesn't wear〉當中的 doesn't 。
　　 用 agreed 的否定〈didn't agree〉當中的 didn't 。

對自己的言論有自信或徵詢對方同意時，句尾的音調會下降。反之，若是對自己的言論缺乏自信或向對方確認時，句尾的音調會上揚。

You **don't** **believe** in God, **do** you？↘	你不相信上帝，不是嗎？
	（不信主會下地獄）
You **don't** **believe** in God, **do** you？↗	你不相信上帝，對不對？
	（想確認信還是不信）

5 祈使句

　祈使句表示「去～（命令）」、「請～（請託）」，一般省略主詞 "You"。肯定句的句首用 **"動詞原形"**、否定句則用 "Don't"。

肯定 祈使句	句首用	動詞原形	去～（請～）
否定 祈使句	句首用 Don't	動詞原形	不要～（請不要～）

1.A)	You	**told**	the truth.	你說了實話。　◇A) 與B) 是直述句 ●P.29
B)	You	**lied**	to me.	你騙了我。
C)		**Tell**	the truth.	（請）說實話。
D)	**Don't**	**lie**	to me.	不要（不可以）騙我。
E)	**Never**	**lie**	to me.	〔不論何時〕絕對不可以騙我。
				◇ "Never" 表示「強烈禁止」。
2.A)		**Be**	quiet.	（請）安靜。
	Please	**be**	be quiet.	〔拜託〕請安靜。
				◇加上 "Please" 表客氣。
=B)	**Don't**	**be**	noisy.	（請）不要吵。
				◇be動詞也要用 "Don't"。
3.A)		**Let**	him **do** it.	讓他做。
B)		**Let**	me **do** it.	（讓 ⇨）請讓我做。
C)		**Let's**	begin.	開始吧！

Let O 原形. 讓 O 原形。	● P.111		Let's（＝Let us）～	【慣用】～吧！

6 感嘆句

感嘆句（真是～啊！）可分為《How型》與《What型》2種。

A How～！：真是～啊！

How	1個單字	S V ！
真是	形 / 副	

◆一般在 **How** 的後面接 1個單字 ＝形容詞或副詞

How	**tall**	he is ！	他真是高啊！

◇　"How tall" 置於句首表強調。**S · V**（**he is**）常被省略（**B**也是）。

○下面的例句3.、下頁的例句6.。

B What～！：真是～啊！

What a	2個 **單字**	S V ！
真是	形 ＋ 名	

◆一般在 **What** 之後大多接 a 2個 單字 ＝

a 形容詞 名詞

若名詞是 {不可數 / 複數} 時，不加a。
○次頁5.

What a	**tall** **man**	he is ！	他真是高啊！

▶**如何換句話說 〈直述句→感嘆句〉**

如果要把 "very" 的直述句變成感嘆句，有2種方法：

A A）直述句： " very " 後接 1個單字 時——

　　B）感嘆句：把直述句的 very 變成 how ，後接的 1個單字 也一起出現在句首。

1. A）　She palys the piano very well .　　她鋼琴彈得很好。

　B）　**How** well she plays the piano ！　　她真會彈鋼琴啊！

◇ very 後接1個單字 "well"

2. A）　It is very hot in this room .　　這房間很熱。

◇It ○P180

　B）　**How** hot it is in this room ！　　這房間真是熱啊！

◇ very 後接1個單字 "hot"。

3.　　**How** beautiful ！　　真是美啊！

B A）直述句："very" 後接 2個 單字 時──

　　B）感嘆句：把直述句的 a very 2個 單字 變成 what a 2個 單字 ，一起
　　　　出現在句首。（請注意 "a" 的位置）

4. A）　He is driving a very old car .　　　他開一輛很舊的車子。

　　B）　What an old car he is driving!　　他開一輛真舊的車子啊！
　　　　　　　　　　　　　　　　　　　　　　◇請注意 "a" 變成 "an"。
　　　　　　　　　　　　　　　　　　　　　　● P.178

5. A）　She has very long hair .　　　　她有一頭很長的秀髮。

　　B）　What long hair she has!　　　她有一頭真長的秀髮啊！
　　　　　　　　　　　　　　　　　　　　　　◇hair不可數，所以不加 "a"。
　　　　　　　　　　　　　　　　　　　　　　● P.178

6. 　　What a cute baby !　　　　　真是〔一個〕可愛的嬰兒！

What a cute baby!

Chapter 5 片語與子句

一些又長又複雜的句子，很難一次了解整體意思，所以必須把句子分成幾個部分來思考。此時，「片語」與「子句」的知識就能幫上忙。

1 「片語與子句」一覽表

「單字」、「片語」、「子句」是構成句子的"零件"，其定義如下：

> 單字＝一個一個的單字，是構成句子的最小單位。
>
> 片語＝由複數單字組成一個有意義的部分。
>
> 子句＝以〈主詞Ｓ＋動詞Ｖ〉為中心，表示一個有意義的部分（含有2個以上〈Ｓ＋Ｖ〉的句子）。

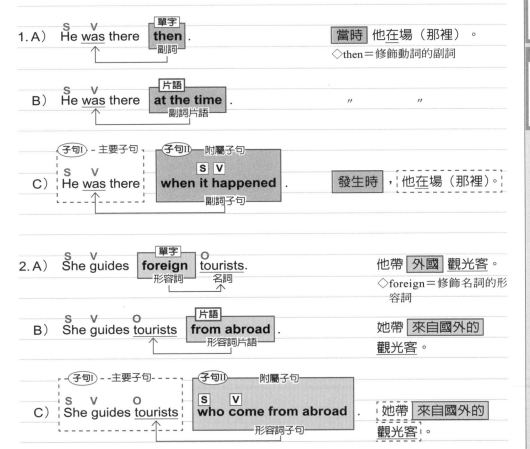

1. A) He was there **then**.
   （單字／副詞）
   當時 他在場（那裡）。
   ◇then＝修飾動詞的副詞

   B) He was there **at the time**.
   （片語／副詞片語）
   〃

   C) He was there **when it happened**.
   （子句I - 主要子句／子句II - 附屬子句 S V／副詞子句）
   發生時，他在場（那裡）。

2. A) She guides **foreign** tourists.
   （單字／形容詞／名詞）
   他帶 外國 觀光客。
   ◇foreign＝修飾名詞的形容詞

   B) She guides tourists **from abroad**.
   （片語／形容詞片語）
   她帶 來自國外的 觀光客。

   C) She guides tourists **who come from abroad**.
   （子句I - 主要子句／子句II - 附屬子句 S V／形容詞子句）
   她帶 來自國外的 觀光客。

41

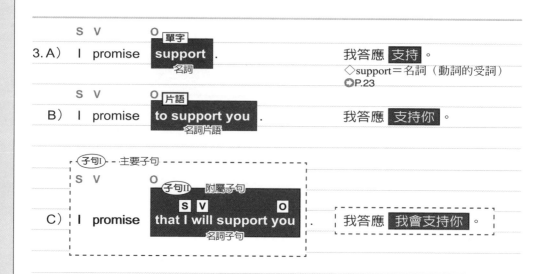

3.A）
S　V　　O 單字
I　promise　**support** . 名詞

我答應 支持 。
◇support＝名詞（動詞的受詞）
〇P.23

B）
S　V　　O 片語
I　promise　**to support you** . 名詞片語

我答應 支持你 。

C）
子句I - 主要子句
S　V　　O 子句II　附屬子句
I　promise　**that I will support you** .
S V　　　 O
名詞子句

我答應 我會支持你 。

「片語」與「主要子句・附屬子句」

1.B）的 at the time：當時 是由3個單字組成**1個有意義**的「片語」。

　C）的 I：他在場（那裡） 與 II：發生時 ，兩者都是以〈S＋V〉為中心的一個有**意義的部分**，所以稱為「子句」。子句 II 是說明子句 I 不足的附屬部分（何時「在場」），I 與 II 形成「主附」關係，因此稱「主」的子句 I 為「**主要子句**」，而「附」的子句 II 為「**附屬子句**」。

2.B）的 from abroad：來自國外的 是「片語」。

　C）的 I：她帶團 與 II：來自國外 （who＝關係代名詞＝不中譯 [〇P.150]）是「子句」。II 是說明 I 不足的附屬部分（說明是怎樣的「觀光客」），所以 I 是「**主要子句**」、II 是「**附屬子句**」。

3.B）的 to support you：支持你 是「片語」。

　C）的 II：我會支持你 （that 〇P.188）是「子句」。包括 II 的整個句子也稱為「子句」──我（S）答應（V） that之後是（O） ，是以〈S＋V〉為中心，表示**一個有意義的部分**。I 與 II 的關係是整體與其中一部分，也有「**主附**」關係，所以 I 是「**主要子句**」、II 是「**附屬子句**」。

42

📎3個種類的「片語」與「附屬子句」

前頁所述的「片語」與「附屬子句」皆可分為3種。

片語	1.B)	副詞片語
	2.B)	形容詞片語
	3.B)	名詞片語

子句Ⅱ	附屬子句	1.C)	副詞子句
		2.C)	形容詞子句
		3.C)	名詞子句

1.B) at the time ：修飾動詞，擔任的角色與A)的副詞相同，稱為「**副詞片語**」。

C) when之後 ：修飾動詞，稱為「**副詞子句**」。

2.B) from abroad ：修飾名詞，擔任的角色與A)的形容詞相同，稱為「**形容詞片語**」。

C) who之後 ：修飾名詞，稱為「**形容詞子句**」。

3.B) to support you ：是句子的**受詞**，擔任的角色與A)的名詞相同，稱為「**名詞片語**」。

C) that之後 ：是句子的**受詞**，稱為「**名詞子句**」。

2 3種片語──名詞片語‧形容詞片語‧副詞片語

1. 名詞片語 以不定詞或動名詞開始。◑P.97、P.128
2. 形容詞片語 一般用來修飾之前的名詞。◑P.14
3. 副詞片語 用來修飾動詞‧形容詞‧副詞‧整句等。◑P.14

1.A) **Driving** a taxi in New York City is dangerous work.　在紐約開計程車是件危險的工作。

B) I hope **to work** in show business .　我希望在演藝圈工作。

2.A) It's time **to put** the kids to bed .　讓小孩上床睡覺的時間到了。
◇to put ◑P.97 **B**

B) The number **of people living on welfare** is increasing.　靠社會福利過活的人〔數〕愈來愈多。
◇標示波線部分也是形容詞片語。

3.A) Science begins with a question .　科學始自疑問。

B) He is hard **to please** .　他很難取悅。

3 3種附屬子句──名詞子句·形容詞子句·副詞子句

4. 名詞子句 一般是主要子句的一部分，當作主詞或受詞。
5. 形容詞子句 用來修飾主要子句的一部分（名詞），一般以關係代名詞或關係副詞為首。
6. 副詞子句 用來修飾整個主要子句或動詞。

---

4. A）
　　　S　　　　　　V　　C
　　What he said was true.

他說的 是真的。
◇what ◯ P.163

B）
　　　S　　　　　　V　　O₁　O₂
　　The teacher told me **that** I must work harder .

老師告訴我必須更認真念書。 ◇that ◯ P.188

---

5. A）
　　　S　　　　　　V　　C
　　The man **who** shot her was one of her lovers.

開槍殺她的 男人曾是她的情人（之一）。

> 附屬子句插在主要子句裡。
> ◇who＝關係代名詞 ◯ P.151

B）　Do you believe everything that you see on TV ?

你相信（你在電視上看到的 一切⇨）電視上的所有事情嗎？
◇that ◯ P.188

---

6. A）If the weather is good , we will go on a picnic.

如果天氣好 ，我們就去野餐。

> 附屬子句表示「去野餐」的條件。

B）
　　S　V
　　I hit him because he kicked me .

我打他 是因為他先踢我。

對等子句

「子句」除了上述的主要子句與（3種）附屬子句之外，還有「對等子句」。

下面的子句 I 與 II 之間，夾著一個連接詞（but）（連接詞不屬於任何一個子句），兩個子句沒有誰是「主」或誰是「附」，而是「對等」的關係。此時就稱這種子句為「對等子句」。

子句 I：對等子句　　　　子句 II：對等子句
S　V　　C　　　　　　S　V　　C
It may sound strange **but** it is true . 或許聽來奇怪，卻是真的。

這是英文的心臟！
動詞

Chapter 1

動詞的形式變化

動詞有現在式、過去式、進行式、完成式等，不同的形式代表著各種不同的意思。以下將敘述這些變化的基礎——「形式變化」。

1 一般動詞的形式變化

動詞包括以下①～⑤的形式（以不規則動詞 **"eat"** 爲例）。

```
---------- 動詞變化 ----------
   ⑤ 原形    ② 過去式    ③ 過去分詞
   eat       ate         eaten

① 現在式  eat  [s]              ④ 原形＋ing
④ ing式   eating             ⑤ 原本的形式
```

① **現在式**：一般可分成2種。一是當主詞是**第3人稱單數**〔 ○P.179 〕時；二是**其他的情況**時。○P.48

A)	主詞非第3人稱單數 （例如 "I"）	一般來說，⑤的**原形**就是現在式。
B)	主詞是第3人稱單數 （例如 "he"）	一般來說，⑤的原形加上 "s"（或 "es"）才是現在式。也就是—— ◆ 主詞是**第3人稱單數**時，動詞的現在式必須加 "s"，稱為3單現的 "s"。

A) I ___ eat ___ it raw.　我吃〔它〕生的。　◇非第3人稱單數　原形　＝現在式
B) He eat s it raw.　他吃〔它〕生的。　◆第3人稱單數　原形 ＋s＝現在式

② **過去式**：所有人稱‧單複數都是同一個形式。○P.48

A) I ate it raw.　我吃了〔它〕生的。
B) He ate it raw.　他吃了〔它〕生的。

③ **過去分詞**（簡稱pp）：用於A）的**完成式**、B）的**被動語態**等。

A) I have eaten it before.　我曾吃過〔它〕。　◇have＋過去分詞＝現在完成式 ○P.61
B) It is eaten raw.　它是被生吃的。　◇be＋過去分詞＝被動語態 ○P.72

④ **ing式**：用於A）的**現在分詞**或B）的**動名詞**。

A）He **is** | eating | it. 　　他**正在吃**〔它〕。　　◇be＋現在分詞＝進行式 ●P.59

B）He started | eating | it. 　　他**開始吃**了〔它〕。　　◇動名詞 ●P.128

⑤ **原形**：用於A）的**祈使句**、B）的**助動詞之後**或C）的**不定詞**等。

A）　　| Eat | it raw. 　　**生吃**〔它〕吧！　　◇祈使句 ●P.38

B）He **will** | eat | it raw. 　　他要**生吃**〔它〕。　　◇助動詞＋原形 ●P.82

C）He likes **to** | eat | it raw. 　　他喜歡**生吃**〔它〕。　　◇to＋原形＝不定詞 ●P.97

MEMO

動詞變化

　　如前頁所述，在動詞的五種形式中，最基本的就是⑤**原形**、②**過去式**、③**過去分詞**。如果將這三種形式再加以**變化**的話，就稱為動詞「**變化**」。根據變化可將動詞分成兩類：

　　一類是在原形之後加 "ed" 成為過去分詞的**規則動詞**；另一類的過去式、過去分詞並不是在原形後加 "ed" 的，就稱為**不規則動詞**。

動詞變化				
原形	現在式	過去式	過去分詞	
clean	clean [s]	cleaned	cleaned	弄乾淨
plan	plan [s]	planned	planned	計畫
study	study [ies]	studied	studied	念書
wait	wait [s]	waited	waited	等待
push	push [es]	pushed	pushed	推
like	like [s]	liked	liked	喜歡
cut	cut [s]	cut	cut	剪
teach	teach [es]	taught	taught	教
come	come [s]	came	come	來
eat	eat [s]	ate	eaten	吃
have	have / has	had	had	有
do	do / does	did	done	做
be	am / is / are	was / were	been	是 / 存在

列舉規則動詞

列舉不規則動詞

2 "have · do · be" 的形式變化：現在式與過去式

"have · do · be" 是最基本的3個動詞，它們具有其他動詞所沒有的特殊變化。

■ 一般動詞——**現在式**的話，當主詞是**第3人稱單數**——例如 he ——時，就在**原形之後加 "s（es）"**。

過去式的話，則與主詞的人稱・單複數無關，全都是 同一個形式 。

◯P.46

相對地——① "have" 與 ② "do" 的**現在式**，當主詞是**第3人稱單數**時，就變成 has does 特殊的形式（發音）。

③ "be" 的**現在式**有 3種形式 ，過去式有 2種形式 。

		現在式			過去式		
	單數		複數		單數		複數

■ clean

	單數		複數		單數		複數	
第1人稱	I	clean	We	clean	I	cleaned	We	cleaned
第2人稱	You		You		You		You	
第3人稱	He	cleans	They		He		They	

◯P.179

① have

	I	have	We	have	I	had	We	had
	You		You		You		You	
	He	has	They		He		They	

特殊的形式・發音*

② do

	I	do	We	do	I	did	We	did
	You		You		You		You	
	He	does	They		He		They	

＊does發音的母音與do不同。

③ be

	I	am	We	are	I	was	We	were
	You	are	You		You	were	You	
	He	is	They		He	was	They	

分成3種　　　　分成2種

3 "have・do・be" —— 動詞與助動詞的用法

　　"have・do・be" 可當A）**動詞**，也可當B）**助動詞**。請注意 "have" 與 "do" 的否定句、疑問句用法。

① have〔has〕

A）動詞	「有」等等	肯		I			**have**	a computer.
		否		I	do	not	**have**	a computer.
		疑	Do	you			**have**	a computer?

B）助動詞	用於完成式 ○P.61	肯		I	**have**	finished it.
		否		I	**have** not finished it yet.
		疑	**Have** you		finished?

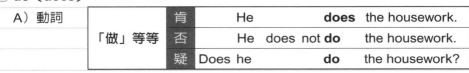

A）肯 有～。　　否 沒有～。　　疑 有～嗎？
B）肯 已經～。　　否 還沒～。　　疑 已經～了嗎？

② do〔does〕

A）動詞	「做」等等	肯		He			**does**	the housework.
		否		He	does	not	**do**	the housework.
		疑	Does	he			**do**	the housework?

B）助動詞	用於一般動詞的否定句 ○P.30	肯		He		drinks sake.
		否		He	**does** not drink	sake.
		疑	**Does** he		drink sake?

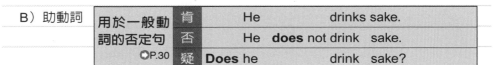

A）肯 做家事。　　否 不做家事。　　疑 做家事嗎？
B）肯 喝。　　否 不喝。　　疑 喝～嗎？

49

③ be【現在式：am / is / are】

A）動詞

「是」	肯	He **is** kind.	
	否	He **is** not kind.	
	疑	**Is** he knid?	
「存在」	肯	He **is** in the kitchen.	
	否	He **is** not in the kitchen.	
	疑	**Is** he in the kitchen?	

B）助動詞

進行式 ○P.59	肯	It **is** moving.	
	否	It **is** not moving.	
	疑	**Is** it moving?	
被動語態 ○P.72	肯	It **is** fixed to the floor.	
	否	It **is** not fixed to the floor.	
	疑	**Is** it fixed to the floor?	

A）「是」 肯 親切。　　否 不親切。　　疑 親切嗎？

　　「存在」 肯 在廚房。　　否 不在廚房。

　　　　　 疑 在廚房嗎？

B）進行式 肯 在動。　　否 沒在動。　　疑 在動嗎？

　被動語態 肯 固定在地板上。　否 沒固定在地板上。

　　　　　 疑 有固定在地板上嗎？

MEMO

代動詞 "do"

　為了避免重複之前出現過的動詞，可用 "**do**〔does / did〕" 取代。此時的 "do" 就叫做代動詞。

1. Do you **remember** it?　　　　　　你記得〔它〕嗎？　◇Do ○前頁

　 Yes,I **do**（＝remember it）.　　　是，我記得。

2. Who **made** these dolls?　　　　　誰做了這些娃娃？　○P.35
　 My mother **did**（＝made them）.　我媽媽〔做的〕。

Chapter 2 時態

表示現在、過去、未來等 "時間" 的形式稱為「時態」，共有12種。到底該怎麼記才好呢？

1 「12種時態」一覽表

12種時態如下所示。只需記下1.～4.的A） 現在4模式 即可，剩下的8種模式（1.～4.的B）與C））只要從 現在4模式 （的開頭部分）變成B）的 過去式 以及C）的 未來式＝will原形 就可以了。◇表中的 "pp" 是過去分詞。 ●P.46

1. 基本式	A)	現在		現在式	●P.53
	B)	過去		過去式	●P.53
	C)	未來	will	原形	●P.56
2. 進行式	A)	現在進行式	is*¹	～ing	●P.59
					*1或作am / are
	B)	過去進行式	was*²	～ing	*2或作were
	C)	未來進行式	will be	～ing	
3. 完成式	A)	現在完成式	have*³	pp	●P.61
	B)	過去完成式	had	pp	
	C)	未來完成式	will have	pp	*3或作has
4. 完成進行式	A)	現在完成進行式	have*³ been	～ing	●P.62
	B)	過去完成進行式	had been	～ing	
	C)	未來完成進行式	will have been	～ing	

1. A）He		writes	… .	他寫……
B）He		wrote	… .	他寫了……
C）He	will	write	… .	他將寫……

2. A）He		is	writing	… .	他正在寫……
B）He		was	writing	… .	他當時正在寫……
C）He	will	be	writing	… .	到時他會寫……

3. A）He	**has**			**written**	… .	他已經寫了……
B）He	**had**			**written**	… .	他當時已經寫了……
C）He	**will have**			**written**	… .	他到時就寫完……

4. A）He	**has**	**been**	**writing**	… .	他一直寫……
B）He	**had**	**been**	**writing**	… .	他過去一直寫……
C）He	**will have**	**been**	**writing**	… .	他將一直寫……

②「否定句」與「疑問句」的造法──分成2行

1. A）	He			**writes**	… .	
	He	**does**	**not**	**write**	… .	
	Does he			**write**	… ?	
B）	He			**wrote**	… .	
	He	**did**	**not**	**write**	… .	
	Did he			**write**	… ?	
C）	He **will**			**write**	… .	
	He **will** not			**write**	… .	
	Will he			**write**	… ?	
2. A）	He	**is**		**writing**	… .	
	He	**is**	not	**writing**	… .	
	Is he			**writing**	… ?	
C）	He **will**	**be**		writing	… .	
	He **will** not	**be**		writing	… .	
	Will he	**be**		writing	… ?	
3. A）	He	**has**		**written**	… .	
	He	**has**	not	**written**	… .	
	Has he			**written**	… ?	
C）	He **will**	**have**		written	… .	
	He **will** not	**have**		written	… .	
	Will he	**have**		written	… ?	

助動詞／be ▶P.49、50　　　　　　　　一般動詞

"一般動詞" 句子	否定‧疑問句	用 "do / does / did" 。
含有 "助動詞 / be" 的句子	否定句	"not" 置於第一個 " 助動詞 / be " 之後。
	疑問句	第一個 " 助動詞 / be " 出現在主詞前。

1.A）B）

1.C）之後

3 現在式‧過去式‧未來式的一般意思

下列1.的【過去式‧現在式‧未來式】動詞表示【過去‧現在‧未來】的 狀態 。○P.59

下列2.的【過去式‧未來式】動詞表示【過去‧未來】的〔1次〕動作 。

下列3.的【現在式‧過去式】動詞表示【現在‧過去】的 習慣性（反復性）動作 。

下頁4.的【現在式】動詞表示適用於【現在‧過去‧未來】的一般性事實（不變的真理）。

1.A）She	**was**	in Beijing last week.	她上週在北京。
B）She	**is**	in Shanghai now.	她現在在上海。
C）She	**will be**	in Seoul next week.	她下週將在首爾。
D）We	**needed**	tire chains.	我們當時需要輪胎鍊。
E）We	**need**	tire chains.	我們需要輪胎鍊。
F）We	**will need**	tire chains.	我們將需要輪胎鍊。
2.A）She	**went**	to Beijing last week.	她上週去北京。
B）She	**will go**	to Seoul next week.	她下週將去首爾。
C）They	**played**	mahjong yesterday.	他們昨天打麻將。
D）They	**will play**	mahjong tomorrow.	他們明天要打麻將。
×E）They	**play**	mahjong now.	他們現在打麻將（？）。
F）They	are　playing	mahjong now.	他們現在正在打麻將。
3.A）The often	**play**	mahjong.	他們常打麻將。○ 2. E)
B）My father	**drinks**	a lot.	我爸爸〔常〕喝很多酒。

C） Zack	studies	at Yale.	Zack就讀耶魯大學。
D） Zack is	studying	for tomorrow's exam.	Zack正在為明天的考試準備。 ◎P.59
E） I often	went	there with him.	我以前常跟他去那裡。 ◎2. A）

4.A） ×One and one	was	two.	［過去］1＋1＝2（?!）。
B） One and one	is*	two.	［過去、現在、未來］1＋1＝2。
			*或作"are"
C） ×One and one	will be	two.	［未來］1＋1＝2（?!）。

❶ 在上頁的例句2.中，若要表示現在的「動作」（現在這瞬間進行的動作：正在～），就不能用 E）的現在式，必須用F）的現在進行式。

4 時間子句‧條件子句（表示時間‧條件的副詞子句）——用現在式表未來

下面①以 連接詞 （皆與「時間」有關）開頭的子句，一般稱爲「表示時間的副詞子句」，但在這裡稱爲「時間子句」。

下面②以 連接詞 （如果～／除非～）開頭的子句，一般稱爲「表示條件的副詞子句」，但在這裡稱爲「條件子句」。

這二種子句以特殊形式來表示「未來」。也就是說，「時間子句」與「條件子句」並不用"未來式（will～）"來表示「未來」，而是用"現在式"來表示。

① 時間子句		【未來的事】		將來——	
	when		當		～時
	before	現在式	在		～之前
	after		在		～之後
	until （＝till）				直到～

② 條件子句		【未來的事】		將來——		
	if	現在式	如果	～	的話
	unless		如果	～	除非

Chapter-2　時態

時間子句・條件子句（表示時間・條件的副詞子句）

1
英文文法ＡＢＣ

2
動詞

3
動狀詞

4
理解句型

5
品詞的應用

① A）　　　　　　　　　　　He will come tomorrow .　　他明天會來。

◇一般用未來式。　 ◯P.56

時間子句

B）I **will** tell him　| **when** | he | **comes tomorrow** | .　| 他明天來的 | 時候 |，
　　　　　　　　　　　（× will come）　　　　　　　　　　　我會告訴他。

C）　　　　　　　　　　　He　**comes** every day　.　他每天來。

◇現在的習慣動作。

D）Clear your desk | **before** | you | **go** | out | .　| 你出去 | 前 |，請清理
　　　　　　　　　　　（× will go）　　　　　　　　　　　你的辦公桌。

❶ 在上述例句B）中，雖然「來」是「未來」的事，但「時間子句」會用**現在式** "comes" 來取代未來式。而主要子句的「我會告訴他」還是用未來式的 "**will** tell" 表示。

② A）　　　　　　　　　　　It　will　rain　tomorrow.　　明天會下雨。

◇一般用未來式。

條件子句

B）**I will** stay home | **if** | it | **rains tomorrow** | .　| 如果 | 明天下雨 | 的話 |
　　　　　　　　　　　（× will rain）　　　　　　　　　　　，我會在家。

❶ 上述例句B）的「下雨」是「未來」的事，但「**條件子句**」會用**現在式**來取代未來式。

MEMO

非「時間子句・條件子句」就可以用 "will"

　只有「時間子句＝副詞子句」與「條件子句＝副詞子句」時，**不能用 "will"**。其他（表示「時間」、「如果」之外的意思）子句都可以用 "will"。

時間子句

① B）I'll <u>tell</u> him | **when** | he **comes tomorrow** | .　| 他明天來的 | 時候 |，
　　　　　　　　↑　副詞子句 ◯P.41　　　　　　　　　　　我會告訴他。

E）Tell me | **when** | he will come | .　告訴我，他 | 何時 | 會來 |。
　 V　O₁　　O₂：名詞子句（間接疑問 ◯P.183）

條件子句

② B）I'll stay home | **if** | it **rains tomorrow** | .　| 如果 | 明天下雨 | 的話 |，
　　　　　↑　　　副詞子句 ◯P.41　　　　　　　　　　　我會在家。

C）I can't tell | **if** | it will rain tomorrow | .　我（不會說⇨）不知道
　 S　　V　　O：名詞子句 ◯P.42　　　　　　　　　| 明天 | 會不會 | 下雨 |。

5 未來用法

A will～：單純未來與意志未來

　　基本上用**助動詞 "will"**〈will＋原形〉的形式來表示「未來」。〈will＋原形〉所表示的「未來」可分成兩種：一種是**與人的意志無關的①單純未來**，另一種是**表示主詞意志的②意志未來**。

①	**will～** 【單純未來】	將（會）～ ◇表示預測、自然而然的事。	Someone **will** help you. 　　　　有人會幫你。
②	**will～** 【意志未來】	打算（會）～ 要～ ◇表示主詞的意志。	I **will** help you.　我會幫你。
③	**Shall I～**？	【自願】〔我來〕～好嗎？	**Shall I** help you?　我來幫你，好嗎？
	Shall we～？	【提案】〔一起〕～好嗎？	**Shall we** go?　我們一起去，好嗎？

◆ **對方的意志**：②疑問句的〈**Will you～**？〉表示詢問 {主詞＝you＝對方} 的意志，有〈可不可以～？〔拜託〕〉、〈要不要～？〔邀約〕〉之意。一般用 "**be going to～**" 表示〈要～嗎？〉。〇次頁**B**①

　　　　　　　Are you **going to** help him？　你要幫他嗎？

　　　　　　雖然意志未來也包括用助動詞 "**shall**" 來詢問對方意志的③〈**Shall I～**？〉與〈**Shall we～**？〉，不過請把這兩者當作【自願】與【提案】就好。

◆ **"未來式"**：動詞有「現在式」、「過去式」，卻沒有 "未來式"。因為〈**助動詞will＋動詞原形**〉就是 "未來式"。〇P.51

① 【單純未來】將（會）～

　A）I 　　am busy at the moment. 　　　　我現在很忙。
　B）I **will** be free in the afternoon. 　　我下午〔會〕有空。
　C）**Will** the bus come on time? 　　　公車會準時到嗎？

② 【意志未來】打算（會）～

　A）The phone's ringing. ——**I'll** get it. 　電話在響。——我〔來〕接。
　B）He says he **will** not (**won't**) do it again. 　他說他〔將〕不會再重蹈覆轍。

　　　　　　　　　　　　　　◇phone's=phone is　　◇says〔that〕he 〇P.188

C）**Will you** turn on the television? | 你可以把電視打開嗎？
——Sure. | 可以。
D）**Will you** have some tea? | 你要不要喝茶？
——Yes, thanks. / No, thanks. | 好，謝謝。／不用，謝謝。

◇some ◯P.182

③【自願・提案】～好嗎？

A）**Shall I** massage your shoulders? | 我來幫你按摩肩膀，好嗎？
B）**Shall we** eat out for a change? | 我們偶爾一起出外用餐，好嗎？
——Yes, let's. | 好啊。

◇let's ◯P.38

B "will" 之外的未來用法

① be going to

be going to ～	1. 主詞的意志　等	打算～／要～
	2. 說話者的確信　等	快要～

1. A）I don't need any help. | 我不需要任何協助。　◇any ◯P.181
I'm going to do it myself. | 我打算自己做。
B）Sorry, I'm busy new. | 對不起，我現在很忙。
——OK, I'll do it myself. | 了解，那我自己做。
C）When **are** you **going to** do your homework? | 你打算什麼時候要寫功課？

2. A）Look! It**'s going to** rain. | 看！快要下雨了。　◇it ◯P.180
◇我根據天空的樣子確信「即將下雨」。
B）It **will** rain tonight. | 今晚會下雨。
◇預測「單純未來」 ◯P.56
C）I think I**'m going to** throw up. | 我覺得我快要吐了。

MEMO

"be going to" 與 "will" 的差異〔上述例句1.的 A）與 B）〕

be going to ～	打算～	表示發言前「已決定的意志」。
will ～	將～	表示發言那一刻「當場決定的意志」。

② 進行式〈be ～ ing〉

　進行式除了原本的意思（正在～﹝◎次頁﹞）外，有時也表示 **很近的未來行程**。已經在"進行"預定行程的準備，多被譯為「**將～**」。與一般的進行式不同，可用在"表示未來"。

1.A）The President **is speaking** on the radio now. 　總統現在正透過收音機在發表演講。

　　　　　　　　　　　　　　　　　　　　　　◇一般的現在進行式。

　B）The President **is speaking** on TV tomorrow. 　明天總統將發表電視演講。

　　　　　　　　　　　　　　　　　　　　　　◇ 呈現出「演講的準備正在進行中」的感覺。

2.A）I **'m getting** off at the next stop. 　我將在下一站下車。

---

③ 現在式

　與現在式原本的意思不同，表示 **確定的未來**，請注意這種"表示未來"的句子。

1.A）Today 　　　**is** my 　　　　birthday. 　今天是我的生日。

　　　　　　　　　　　　　　　　　　　　　　◇ is＝一般的現在式。

　B）Tomorrow **is** my mom's birthday. 　明天是我媽的生日。

　　　　　　　　　　　　　　　　　　　　　　◇ is＝用現在式表示「確定的未來」。——表事實

2.　　When **does** the next train **leave** ? 　下一班火車何時發車？。

　　　——It 　　　　**leaves** at 9:10. 　9點10分出站。

　　　　　　　　　　　　　　　　　　　　　　◇時刻表已經安排好。——表事實

6 進行式

進行式〈be＋～ing*〉表示「正在進行某個動作」，因此進行式一般使用**表示**「動作」的動詞。＊現在分詞 ⏺P.47

📖 動作動詞與狀態動詞

英文的動詞在「意思」上可以分成**動作動詞**與**狀態動詞**（大部分是動作動詞）。

1 動作動詞	clean 打掃	eat 吃	talk 說	rain 下雨	look at 看（注視）	listen to 聽（傾聽）
有進行式	He is cleaning ～：他正在打掃					

2 狀態動詞	know 知道	believe 相信	have 有	resemble 像	like 喜歡	see 看見	hear 聽見	be ⏺P.13 是／存在
無進行式	×He is knowing ～：他正在知道（？！）							

1 的各動詞表示「做～」的“**動作**”。如果要表示「**正在做～**」的話，必須變成**進行式**〈be＋～ing〉。

2 的各動詞本身就表示一種**繼續性**的“**狀態**”，所以一般來說並沒有進行式。

A "動作動詞" 的進行式（一般進行式）

進行式的基本形式是〈**be＋～ing**〉，“be”依下列變化表示不同的意思：

①	現在進行式	am is are	～ing	〔現在進行中*的動作〕**正在～**　　　＊還持續著
②	過去進行式	was were	～ing	〔過去某段時間進行中*的動作〕（過去的時間）**在～**
③	未來進行式	will　be	～ing	〔未來某段時間進行中*的動作〕**將在～**

①	A）	I		**am**	**flying**	over Alaska	<u>now</u>.
	B）	He		**is**	**studying**	very hard	this semester.
②	A）	She		**was**	**flying**	over Alaska	<u>when she heard the news</u>.
	B）	I		**was**	**working**		all day yesterday.
③		You	**will be**		**flying**	over Alaska	<u>this time tomorrow</u>.
④		They	**will be**		**flying**	over Alaska	now.
⑤	A）	We		**are**	**leaving**	next week.	
	B）	We	**will be**		**leaving**	next week.	

①	A）	我現在〔這個瞬間〕<u>正在</u>〔飛越〕阿拉斯加上空。
	B）	他這學期非常認真念書。
		◇這個進行式表示「某段期間持續中的動作」，並不侷限於「此刻這瞬間正在念書」。
②	A）	<u>當她接獲消息時</u>，她正〔飛〕在阿拉斯加上空。
	B）	昨天一整天，我都在工作（念書）。 　◇過去「某段期間持續中的動作」。
③		<u>明天此時</u>，你將〔飛〕在阿拉斯加上空。

④ 　**◆現在的推測**：這個未來進行式不表「未來」，而是表示「**現在的推測（現在
　　　　應該～吧！）**」。

　　他們現在**應該**〔飛〕在阿拉斯加上空吧！

⑤ 　**◆近期未來的行程**：這些進行式表示「**近期未來的行程**」（沒有「正在～」之
　　　　意）。

　A）我們下週**將離開**（即將離開／×正在離開）。

　　　◇用現在進行式表示距今不遠「近期未來的行程」。 **◑**P.58

　B）我們下週**將離開**。

　　　◇ 未來進行式表示「近期未來的行程」。與A）幾乎是相同的意思，只不過 "will" 表
　　　示單純的未來事件，不代表任何人的意志，因此主詞可視情況省略。

B　"狀態動詞"無進行式

　　動作動詞有進行式，可是一般而言，狀態動詞並沒有進行式。

1.　A）He　｜ is 　helping 　｜his mother　　他正在廚房幫媽媽。
　　　　in the kitchen.

　×B）He　｜ is 　resembling ｜his mother.　他正在像他媽媽（?!）。

　　C）He　｜ 　resembles ｜his mother.　他像他媽媽。

2.×A）They｜ were having 　｜a big farm.　他們過去正有一個大農場（?!）。

　　B）They｜ 　had 　　｜a big farm.　他們曾有一個大農場。

　　C）They｜ were having 　｜dinner then.　他們當時正在吃晚餐。

　　　　　　　　　　　　　　　　◇have：吃（＝eat）【動作動詞】

7 完成式

✏ 「完成式」一覽表

　　完成式如下分成①～③，其中又再各自分成1.～3.三種意思，不過在表②的過去完成式中，還多了4.的用法。下頁④～⑥的完成進行式則是由下面①～③的完成式與進行式組合而成，表示「持續」之意。

①	現在完成式	have*1　pp*2	1. 完成　：現在已經～的狀態
			2. 經驗　：〔至今〕曾經～
			3. 持續*3：〔至今以來〕已經 ～

1. The game **has** **begun**.	比賽已經開始了
	◇現在是開始了的狀態。
2. I　**have heard** the song before.	我曾聽過那首歌。
3. We　**have known** him for 8 years.	我們已經認識他8年了
	◇一直持續著。

②	過去完成式	had pp*2	1. 完成　　：〔過去某刻〕已經～的狀態
			2. 經驗　　：〔截至過去某刻為止〕曾經～
			3. 持續*3　：〔截至過去某刻為止〕一直～
			4. 過去的過去：〔比過去更過去的時候〕

③	未來完成式	will have pp*2	1. 完成　：〔未來某刻〕已經～的狀態
			2. 經驗　：〔未來某刻〕將有～的經驗
			3. 持續*3：〔截至未來某刻為止〕一直～

　　　　　　　　　　＊1或作 "has"　　　＊2過去分詞　　　＊3狀態的持續

④	現在完成進行式	**have**[*1] **been** ～**ing**	持續[*4]：〔至今〕一直～

We have been walking for 8 hours.　　我們持續走了8小時。　　＊4動作的持續

⑤	過去完成進行式	**had been** ～**ing**	持續[*4]：〔截至過去某刻為止〕一直～

⑥	未來完成進行式	**will have been** ～**ing**	持續[*4]：〔截至未來某刻為止〕一直～

◪ 完成式的基本

① ｜ **現在完成式** ｜ **have　　pp** ▶前頁①

1.完成（結果）：「現在已經～的狀態」

　　表「完成（結果）」的現在完成式指 現在已經～ 的狀態，也就是《現在的狀態》。因此常被譯爲「～了」、「已經～了」、「～完了」、「已經～完了」。

A）The game **has　begun** .　　　　　　（現在是開始了的狀態⇨）

比賽 已經開始了 。

◇begin-began-begun

B）I **have lost** my keys.　　　　　　（現在是鑰匙不見的狀態⇨）

我 弄丟了 鑰匙。

C）She **has　gone** to Tokyo.　　　　　（現在是去了的狀態⇨）

她 已經去 東京了。

D）I **have done**　　　　　　　　　　（現在是做完了的狀態⇨）

my homework already.　　　　　　我 已經做完 功課了。

　　接著，再來比較皆帶有「完成」意思的《現在的狀態》〈上例A）、B）〉與過去式〈下例E）、F）〉。

E）The game **began** on schedule.　　比賽按行程 開始了 。

◇begin-began-begun

F）He **lost** his keys yesterday.　　他昨天 弄丟 鑰匙。

如下圖所式，表「**完成**」的《現在的狀態》意指**過去動作的結果的現在狀態**。

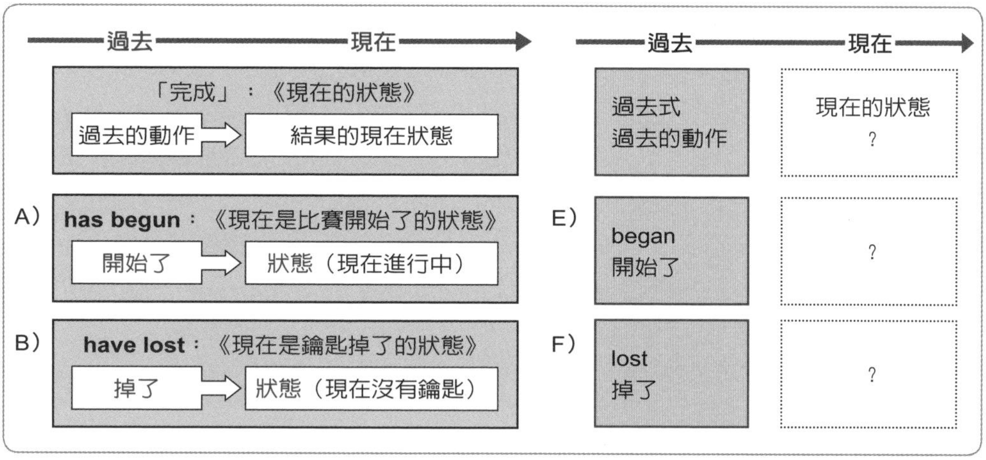

　　A）的 has begun：現在是開始了的狀態 ，表示 比賽在過去某刻開始──結果就是現在比賽還在進行。 也就是同時表示兩個意思：「**過去的動作：開始了**」與「**現在狀態的結果：現在進行中**」。

　　對照之下，**過去式** 只表示 **過去的動作** 而已，至於《現在的狀態》則未提及。E）的 began 只表示比賽在過去某刻「**開始了**」，無從得知比賽是否仍在進行。

2. 經驗：「〔至今〕曾經～」

　　表「**經驗**」的現在完成式指「〔**至今**〕**曾經～**」，也就是「**至今的經驗**」。

A）　I　　　　　　 **have heard** the song before.　　我**曾聽過**那首歌。
B）　My grandpa **has visited** Japan twice.　　我爺爺**曾造訪**日本兩次。
C）　I think　　I **'ve met** her somewhere.　　我覺得我**曾**在哪**見過**她。

3. 持續：「〔至今〕一直～」

表「**持續**」的現在完成式是「〔**自過去某刻起**〕**持續到現在的狀態**」，也就是「〔**至今**〕**一直～**」。

A）We　**have**　　**known**　him for 8 years.　我們已經**認識**他8年了（一直**持續**著）。

B）He　**has**　　　**been**　sick since last Friday.　他**從**上週五**開始**就病〔到現在〕了。

C）Connie **has** always **wanted** to visit their grave.　Connie**一直想要**去掃他們的墓。

❶一般而言，表持續的現在完成式指「狀態的持續」（過去完成式、未來完成式也是）。◐P.66 ❶

② 過去完成式 與 ③ 未來完成式

同現在完成式，過去完成式與未來完成式也有「**完成、經驗、持續**」3種意思。

1. 完成（結果）

表「**完成**」的**過去完成式**只是把表「**完成**」的現在完成式的意思**變成 "過去"**；而表「**完成**」的**未來完成式**也只是把其**變成 "未來"** 而已。◐P.61

A）表完成的**現在**完成式：	have pp	現在已經～的狀態
B）表完成的**過去**完成式：	had pp	〔過去某刻〕已經～的狀態
C）表完成的**未來**完成式：will have pp		〔未來某刻〕已經～的狀態

A）They **have** already **finished** dinner.

B）They **had** already **finished** dinner when　　I go home.

C）They **will have**　　**finished** dinner by the time I get home.

A）　　　　他們 已經吃完 晚餐了。

B）當我到家時，他們 早就吃完 晚餐了。

C）我到家前，　他們 應該已經吃完 晚餐了。

◇by the time S V：S V 前　◇get（home）：到（家）◐P.54

過去	現在	未來
（到家時）	（現在）	（到家前）
B）早就吃完	A）已經吃完	C）應該已經吃完

2. 經驗

表「經驗」的**過去完成式**與**未來完成式**，就是把表「經驗」的**現在完成式**的意思變成 "**過去**" 與 "**未來**" 而已。 ◑P.61

A) 表經驗的**現在**完成式： have pp 〔至今〕曾經～
B) 表經驗的**過去**完成式： had pp 〔截至過去某刻為止〕曾經～
C) 表經驗的**未來**完成式：will have pp 〔未來某刻〕將有～的經驗

把意思變成 "過去"與 "未來"而已

A) I **have seen** the film before, so I **know** the story.
B) I **had seen** the film before, so I **knew** the story.
C) I **will have seen** the film three times if I **see** it again.

A) 我 曾經看過 那部電影，所以我知道故事內容。
B) 我 以前曾經看過 那部電影，所以我早就知道故事內容。
C) 如果我再看一次那部電影， 就看了 3次了。 ◇see ◑P.54

過去	現在	未來
B) 以前曾經看過	A) 曾經看過	C) 再看一次，
，所以早就知道	，所以知道	就看了 3次了

3. 持續

表「持續」的**過去完成式**與**未來完成式**，就是把表「持續」的**現在完成式**的意思變成 "**過去**" 與 "**未來**" 而已。 ◑P.61

A) 表持續的**現在**完成式： have pp 〔至今以來〕一直～
B) 表持續的**過去**完成式： had pp 〔截至過去某刻為止〕一直～
C) 表持續的**未來**完成式：will have pp 〔截至未來某刻為止〕一直～

把意思變成 "過去"與 "未來"而已

A) We **have lived** here for 9 years now.
B) We **had lived** in Paris for 4 years before we moved here.
C) We **will have lived** here for 10 years next January.

A) 我們 住在這裡 9年了。
B) 我們搬來這裡之前， 曾住在巴黎 4年。
C) 明年一月，我們 即將在這裡住 10年了。

過去 ━━━━━━━━━━━ 現在 ━━ 未來 ━━▶
（搬家） （明年）
B）曾住在巴黎　　A）住在這裡〔9年了〕
C）即將在這裡住〔10年了〕

④ **現在完成進行式** | **have been ～ing** ◯P.62

　現在完成進行式表示「〔自從過去某刻起〕**至今持續的動作**」，也就是「〔**至今〕一直～**」的意思。

A）We　have been walking　for 8 hours.　　我們**持續走了8小時**。

B）Hank　has been drinking　　　　　　Hank**從早上一直喝到現在**。
　　　　　since this morning.

C）They　have been fighting　　　　　　自從1996年起，他們**一直**為獨立
　　　　　for independence since 1996.　**奮戰**。

❶ 一般而言，現在完成進行式的持續表示「**動作的持續**」（下面⑤ ⑥也是）。◯P.64 ❶

⑤ **過去完成進行式** 與 ⑥ **未來完成進行式**

　過去完成進行式與未來完成進行式，就是把現在完成進行式的意思變成"**過去**"與"**未來**"而已。

1	現在完成進行式	**have been ～ ing**	〔至今〕一直～
2	過去完成進行式	**had been ～ ing**	〔截至過去某刻為止〕一直～
3	未來完成進行式	**will have been ～ ing**	〔截至未來某刻為止〕一直～

　下列是以「see：（與情人）交往＝動作動詞」為例，表「持續」的例子。

1. She　　has been seeing　John since last November.

2. She　　had been seeing　Tony until last November.

3. She　will have been seeing　John for a year this November.

1. 從去年11月起，	她〔一直〕與John交往	。
2. 截至去年11月為止，	她〔一直〕與Tony交往	。
3. 到今年11月，	她就〔一直〕與John交往一年了	。

B 完成式的應用

{現在‧過去‧未來} 完成式、完成進行式都伴隨著「表示時間的詞句」。

1. 完成：「〔現在是〕～了的狀態」、「〔過去某刻是〕～了的狀態」等

A）	They	**have** *just*	arrived.	他們**剛剛**到了。
B）	They	**had** *already* arrived.		他們〔**當時**〕已經到了。
C）	They *will*	**have**	arrived *by* noon.	他們中午前**應該**會到。
D）	They	**have** not	arrived *yet*.	他們**還沒**到。
E）	**Have** they		arrived *yet*？	他們〔已經〕到了嗎？
	Yes, they	**have**.		對，他們〔已經〕到了。
	No, they	**have**n't.		不對，他們**還沒**到。

2. 經驗：「〔至今〕曾經～」、「〔截至過去某刻為止〕曾經～」等

A） I	**have**	**been** to	Sado four times.	我**曾經**去過佐渡4次。
B） We	**had**	**been** to	Nara once before.	我們以前**曾經**去過奈良1次。
C） I	**have** *just*	**been** to	the post office.	我**剛剛**才去了郵局。
D） I	**have** *never* **climbed**		Mt. Fuji.	我**從來沒**爬過富士山。
E） **Have** you	*ever*	**climbed**	Mt. Fuji?	你〔**曾經**〕爬過富士山嗎？

3. 持續：「〔至今〕一直～」、「〔截至過去某刻為止〕一直～」等

原則上，「狀態」的持續用 完成式，「動作」的持續用 完成進行式 表示。

◑P.64 **❶** 、66 **❶**

A）I **have　　been** afraid of dogs ever since.　我一直都怕狗。

B）It **has been raining** all day.　雨〔持續〕下了一整天。

C）How long **have** you **known** each other?　你們彼此認識〔持續〕多久了？

D）What **have** you **been doing** all this time?　這些日子你〔持續〕做了些什麼？

MEMO

完成式慣用句

have *already* **pp**	已經～		完成	◇過去分詞
have *just* **pp**	剛剛〔才〕～			
have *not* **pp** *yet*	還沒～			
Have you **pp** *yet*?	你已經～了嗎？			
have been to ...	曾經去過……		經驗	
	剛去了……回來〔的狀態〕		完成	
have gone to ...	去了……			
have *never* **pp**	不曾～		經驗	
Have you *ever* **pp**	曾經～嗎？			

　基本上，"already" 出現在肯定句；"yet" 出現在否定句、疑問句。一般 "already" 的位置（第一個助動詞之後）如表中所示，不過強調時，則可置於句首或句尾。◑P.62D）

What have you been doing all this time?

C 表「過去的過去」的過去完成式

在**過去完成式** "had pp"中，有《比 過去 更之前的時候＝ 過去的過去 》的用法。

1. A）He said he had been at the office then.

   B）He said he   was* at the office.

《更之前的時候》←

過去的過去	過去	現在	未來
過去完成式	過去式	現在式	未來式
had pp			

　　A）他 說 他 當時在 公司。

　　B）他 說 他 在 公司。

　　1. A）的 過去完成式 僅敘述 " 當時在 公司"這個過去的事實而已，並沒有「**完成‧經驗‧持續**」等特定的意思。

　　這句是他在〈過去某刻〉**說**的，所以用過去式 said 表示。而" 當時在 公司"則表示《**比過去更之前的時候**》的事情。因此A）為了明確指出這點，所以不用過去式，而用**過去完成式**的 had been 。換句話說，**為了表示它是《比過去更之前的時候》，才用過去完成式**。這種過去完成式的用法稱為「**過去的過去**」，現在、未來完成式並無此用法，這是過去完成式特有的用法。

　　例句B）與A）同樣地出現兩件事（was＝在／said＝說），可是兩者卻**都用過去式**，這表示它們都發生在《**過去同時刻**》（請注意翻譯）。

　　下面例句2.的過去完成式同上面例句1. A），表示**過去的過去**。

2. A）She **lost** the ring that she had borrowed from Cathy.

   B）Mac **asked** her   who had broken   the vase.

　　A）她把Cathy借給她的戒指弄丟了。

　　B）Mac問她是誰打破了花瓶。

8 時態的一致性

|S V| |O = 附屬子句| 的句型中〔 ○P.42 〕，若一般**主要子句的動詞V**，從現在 ⇨ **過去**，也就是**當前一個時態變了**，附屬子句的動詞V，也要跟著前一個時態作改變（|現在| ➡ |過去|、|過去| ➡ |過去完成|）。因應主要子句的動詞變化，附屬子句的動詞也有所變化，這就是所謂的**「時態一致性」**。中文並無此變化。

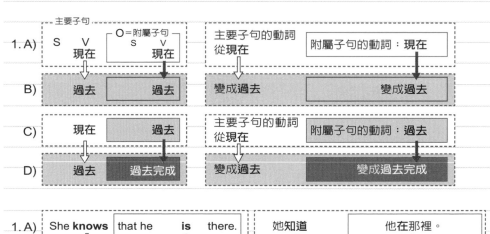

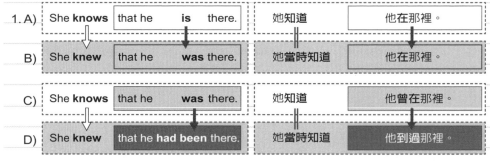

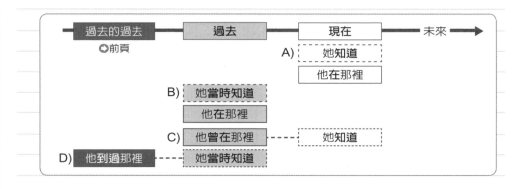

Chapter-2　時態

時態的一致性

1 英文文法ＡＢＣ

2 動詞

3 動狀詞

4 理解句型

5 品詞的應用

❶ A) 她知道 與 他在那裡 ，兩者皆屬現在的狀態，所以在英文裡用現在式。

B) She **knew** 與 he **was** there 皆屬**過去同時**的狀態，所以英文裡兩者皆用**過去式**，但中文裡，前者譯成 她當時知道 ，後者譯成 他在那裡 即可。

C) 曾在那裡 是過去的狀態，所以英文用過去式。 她知道 是現在的事，所以英文用現在式。

D) 英文裡 She **knew** （她當時知道）表過去的事，而 he **had been** there 表示**更早的事**（**過去的過去**），所以用**過去完成式**，中文譯成「他到過那裡」。

　　下列例句也是為了因應主要子句的動詞從 現在 ⇨ 過去 ，因此附屬子句的動詞必須 ➡ 變成**前一個時態**（助動詞存在時，變〔先出現的〕助動詞）。

主要子句

S　　V　　O₁ O₂＝附屬子句

2.A) He tells me that he

believes	…	他告訴我，他	相信	……。
can do			會做	
will do			將做	
is doing			正在做	

⇩

He told me that he

believed	…	他告訴過我，他	相信	……。
could do			會做	
would do			將做	
was doing			正在做	

主要子句

S　　V　　　　O＝附屬子句

3.A) I think that she

| did | … | 我覺得她 | 做了 | ……。 |
| should do | | | 應該做 | |

⇩

I thought that she

| had done | … | 我當時覺得她 | 早已經做了 | ……。 |
| should do | | | 應該做 | |

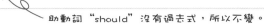

助動詞 "should" 沒有過去式，所以不變。

71

被動語態

相對於「做～」的主動語態；「被～」就稱為「被動語態」或「被動式」。

1 被動語態的基本

A 被動語態〈be＋pp＝被～〉的造法

被動語態的形式是〈 be[*1]＋過去分詞 [pp][*2]〉。 ＊1 ●P.50 ＊2 ●P.46

須按照以下步驟，將主動語態的句子變成被動語態的句子。

① 將主動語態的 受詞［受格］ [●P.23] 變成被動語態的 主詞［主格］。沒有受詞，就沒有被動語態（把伴隨受詞的及物動詞變成被動語態）。

② 將主動語態的 動詞 變成 過去分詞，並在前面加上 be，也就是 be＋過去分詞＝被動語態。"be" 的形式請配合主動語態的時態與被動語態的主詞。如下例1.：主動語態A）的時態是「現在：do」，而B）的主詞是 "work"，因此 "be" 就變成 "is"。例2.的A）是「過去：fooled」，而被動語態B）的主詞是 "We"，因此就變成 "were"。 ●P.48

③ 將主動語態的〈主詞〔主格〕〉移到被動語態的最後，變成〈by…〔受詞〕：由……〉的形式。如例3.，實際上〈by…〉的部分經常被省略。

〔主格〕、〔受格〕的變化僅見於主詞、受詞是代名詞時（例2.）；如果是名詞，則無變化（例1.）。 ●P.184 A

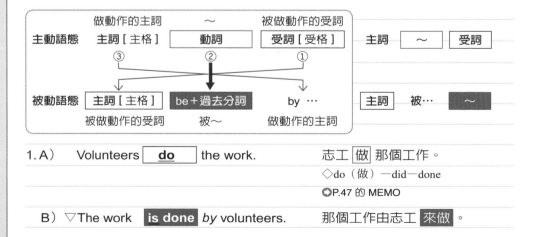

1.A） Volunteers **do** the work. 志工 做 那個工作。

◇do（做）—did—done

●P.47 的 MEMO

B） ▽The work **is done** by volunteers. 那個工作由志工 來做。

Chapter-3　被動語態

被動語態的基本

1
英文法ABC

2
動詞

3
動狀詞

4
理解句型

5
品詞的應用

2. A)　　　He　　　　|　fooled　|　us.　　　他 |騙了| 我們。

◇fool（騙）—fooled—fooled

B)　▽We　|　were fooled　|　by him.　我們 |被| 他 |騙了|。

3. A)　▽The benches |are　painted|　　長凳每年 |被上漆| 一次。

once a year.　　　　　　　　　　　◇paint—painted—painted

B)　▼The benches |are　painted|.　長凳 |有上漆|。

C)　▽The library |was　closed|　　圖書館3點 |關門|。

at three.　　　　　　　　　　　　◇close—closed—closed

D)　▼The library |was　closed|　　圖書館 |閉館| 10天。

for 10 days.

❶ 被動語態除了有▽「被～：動作」的意思外，也有▼「被～：狀態」的意思。

Ｂ 被動語態的時態一覽表

12種時態［ ○P.51 ］當中，有8種可能出現**被動語態** 〈be＋pp〉。其中的共同點就是表示**被動意思**的 |be pp|，|be| 的部分有〈|is|：現在〉、〈|was|：過去〉、〈|will| |be|：未來〉……等8種時態（意思）變化（|pp| 沒有變化）。可再從8種變化整理出基本4模式。

◆基本4模式

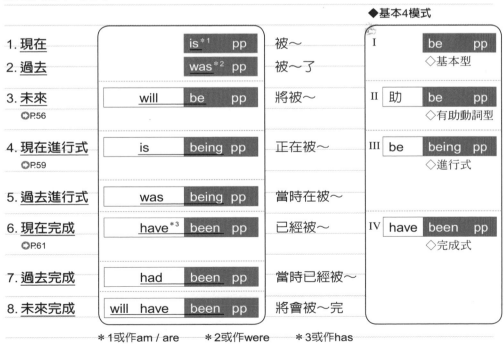

1. 現在		is*1　　pp	被～	I	be　　pp
2. 過去		was*2　pp	被～了		◇基本型
3. 未來 ○P.56	will　be　　pp		將被～	II 助　be　　pp	
					◇有助動詞型
4. 現在進行式 ○P.59	is　　being pp		正在被～	III be　being pp	
					◇進行式
5. 過去進行式	was　being pp		當時在被～		
6. 現在完成 ○P.61	have*3　been pp		已經被～	IV have　been　pp	
					◇完成式
7. 過去完成	had　been　pp		當時已經被～		
8. 未來完成	will　have　been pp		將會被～完		

＊1或作am / are　　＊2或作were　　＊3或作has

1. 現在 [主動語態]	He			writes	...	他寫～。
[被動語態]	It		is	written	...	被寫～。
						◇主動語態〈writes＝現在〉的意思→用被動語態is表現。
2. 過去	He			wrote	...	他寫了～。
	It		was	written	...	被寫了～。
						◇〈wrote＝過去〉的意思→用was表現。
3. 未來	He	will		write	...	他將寫～。
	It	will	be	written	...	將被寫～。
						◇主動語態的〈助動詞‧原形〉→被動語態也是〈助動詞‧原形〉。
※助動詞‧原形	He	must		write	...	他必須寫～。
	It	must	be	written	...	必須被寫～。
						※"will"之外的助動詞，請參考前頁◆II。
4. 現在進行式	He	is		writing	...	他正在寫～。
	It	is	being written	...	正在被寫～。
						◇〈is writing＝現在進行式〉的意思→用is being表現。
5. 過去進行式	He	was		writing	...	他曾經在寫～。
	It	was	being written	...	曾經在被寫～。
6. 現在完成	He	has		written	...	他已經寫了～。
	It	has	been	written	...	已經被寫了～。
						◇〈has written＝現在完成〉的意思→用has been表現。
7. 過去完成	He	had		written	...	他當時已經寫了～。
	It	had	been	written	...	當時已經被寫了～。
8. 未來完成	He	will have		written	...	他將會寫完～。
	It	will have	been	written	...	將會被寫完～。

C 被動語態的否定句與疑問句

被動語態＝be＋pp 的B）否定句：在第一個出現的助動詞後加上 " not "。

C）疑問句：把第一個助動詞放到主詞前。

與P.53「含有助動詞 / be的
句子」狀況相同。

1. 現在 [被動語態]	A）	It	is		written ...
	B）	It	is	not	written ...
	C）	Is	it		written ...?
2. 過去	A）	It	was		written ...
	B）	It	was	not	written ...
	C）	Was	it		written ...?
3. 未來	A）	It will	be		written ...
	B）	It will	not be		written ...
	C）	Will it	be		written ...?
4. 現在進行式	A）	It is	being		written ...
	B）	It is	not being		written ...
	C）	Is it	being		written ...?
5. 現在完成式	A）	It has	been		written ...
	B）	It has	not been		written ...
	C）	Has it	been		written ...?

助動詞
（被動語態的 "be" 是助動詞 ◆P.50）

一般動詞的過
去分詞

1. A）它被寫。	B）它沒被寫。	C）它被寫嗎？
2. A）它被寫了。	B）它沒被寫。	C）它被寫了嗎？
3. A）它將被寫。	B）它將不被寫。	C）它將被寫嗎？
4. A）它正在被寫。	B）它沒在被寫。	C）它正在被寫嗎？
5. A）它已經被寫了。	B）它還沒被寫。	C）它已經被寫了嗎？

右側邊欄：
1 英文法ABC
2 動詞
3 動狀詞
4 理解句型
5 品詞的應用

2 被動語態的應用

A 句型與被動語態

把A）的主動語態變成B）的被動語態時，A）的 受詞 就是B）的 主詞 ，因此有受詞的第3・第4・第5句型——V是及物動詞的句子——才會有 被動語態 。 ●P.20

第3句型

	S	V	O	
A）	All the students	**respect**	him .	
B）	He	is respected		*by* all the students.

第4句型

	S	V	O人	O物	
① A）	The cram school	**gives**	him	a big salary .	
B）	He	is given		a big salary	by the cram school.

	S	V	O人	O物	
② A）	The cram school	**gives**	him	a big salary	
B）	A big salary	is given	to	him	by the cram school.

第5句型

	S	V	O	C	
A）	His students	**call**	him	Boss.	
B）	He	is called		Boss by his students.	

第3：A）所有學生都**尊敬**他。
　　　B）他**被**所有學生**尊敬**。
第4：① A）補習班給他高薪。
　　　　 B）（他**被**補習班**支付**高薪⇨）
　　　　　補習班給他高薪。（中譯少用被動語態）。
　　　② A）補習班給他高薪。
　　　　 B）（高薪**被**補習班**支付**給他⇨）
　　　　　補習班給他高薪。（中譯少用被動語態）。
第5：A）他的學生**叫**他老闆。
　　　B）他**被**學生**叫**老闆。

◇第3句型是「主動語態」⇔「被動語態」之間轉換的基本本句型。

◆第4句型有兩個O，所以可以造出兩種被動語態的句子。兩個O 當中一個 當 主詞 時， 另一個 就在原位不動。●下方的 ❶

◇C在原位不動。

❶ ② B）的被動句中，留在原位的受詞（人）前必須加 **"to"**。再與下句比較。
　② A）的主動句中，若把「人」與「物」的位置交換，第4句型的主動句就會有所變化 [●次頁的➡]——him前必須加 **"to"** [●P.26]——也就是B）的被動句。

76

② A）The cram school **gives** him a big salary .

➡ The cram school **gives** a big salary **to** him .

B） A big salary is given **to** him by the cram school.

① 第3句型的被動語態

	S	V O	◇基本型 be pp ⏎P.73 I
1. A）	Students	**use** this room.	This room is used by students.
B）	Students **do not use** this room.		This room is not used by students.
C）	**Do** students	**use** this room?	Is this room used by students?

D）	Ruby **killed** Oswald.	Oswald was killed by Ruby.
E）	**Did** Ruby **kill** Oswald?	Was Oswald killed by Ruby?
F）	Who **killed** Oswald?	*1 Who was Oswald killed by?
		*2 By whom was Oswald killed ?
G）	Why did Ruby kill Oswald?	Why was Oswald killed by Ruby?

H）	They **speak** Spanish in Chile.	Spanish is spoken in chile.
I）	What language **do** they **speak** in Chile?	What language is spoken in chile?

A）學生用這個房間。　　　　　　這個房間被學生使用。
B）學生不用這個房間。　　　　　這個房間不被學生使用。
C）學生用這個房間嗎？　　　　　這個房間被學生使用嗎？
D）Ruby殺了Oswald。　　　　　　Oswald被Ruby殺了。
E）Ruby殺了Oswald嗎？　　　　　Oswald被Ruby殺了嗎？
F）誰殺了Oswald呢？　　　　　　Oswald被誰殺了呢？
G）為什麼Ruby殺了Oswald呢？　　為什麼Oswald被Ruby殺了呢？
H）在智利〔，他們〕說西班牙語。　（在智利，西班牙語被說⇨）在智利〔，他們〕說西班牙語。◇中譯少用被動語態。
I）在智利〔，他們〕說什麼語呢？　（在智利，什麼語被說呢？⇨）在智利〔，他們〕說什麼語？◇中譯少用被動語態。

＊1 Who～by？：〔口語〕將上面E）的 "Ruby" 變成 "Who" 並放在句首。因為「誰」遠離介系詞 "by"，所以主格用 "Who" 即可。

＊2 By whom～？：〔文體〕將上面E）的 "By Ruby" 變成 "by whom" 一起放在句首。因為「誰」出現在介系詞 "By" 之後，所以變成受格 "whom"。 ⏎P.184 **A**

◇有助動詞的形式 助 be pp ○P.73 II

S V O

2. A) They **will finish** the work today. | The work **will** be finished today.
B) I **can't help** it. | It **can't** be helped .

A) 他們今天**將結束**工作。 工作將於今天（**被結束**○）結束。
B) 我（**忍不住**○）沒辦法。 它（**沒辦法被忍住**○）沒辦法。

◇進行式 be being pp ○P.73 III

3. A) Many experts **are studying** the problem. | The problem **is** being studied by many experts.
B) A young man **was following** her. | She **was** being followed by a young man.

A) 許多專家**正在研究**這個問題。 這個問題**正被**許多專家**研究**。
B) 一個年輕男子當時**正尾隨**她。 她當時**正被**一個年輕男子**尾隨**。

◇完成式 have been pp ○P.73 IV

4. A) They **have** just **released** their first album. | Their first album **has** just been released.
B) Someone **had** already **fixed** the copy machine. | The copy machine **had** already been fixed.

A) 他們**剛剛才推出**了第一張專輯。 他們的第一張專輯**剛剛才被推出**。
B) 有人**早就修好**了影印機。 影印機**早就**〔被〕**修好**了。

MEMO

動詞組的被動語態

類似speak to的動詞組＊要變成被動語態時，只要把它想成一個及物動詞再作變化即可。
＊〈動詞＋其他詞句〉來表示一個動詞意思的慣用句。

A) spesk to 對…說 B) laugh at （嘲）笑… C) look up to 尊敬…
（搭訕）
be spoken to 被…說 be laughed at 被…（嘲）笑 be looked up to
（被搭訕） 被…尊敬

A) A stranger **spoke to** me in the train. 在電車裡，有一個陌生人對我搭訕。
I was spoken to by a stranger in the train. 在電車裡，我被一個陌生人搭訕。
C) All the students **look up to** him. 所有學生都尊敬他。 ＝ ○P.76 第3句型
He is looked up to by all the students. 他被所有學生尊敬。 ＝ ○同上

② **第4句型與第5句型的被動語態**

	S　　V　　O人 O物	
1. A)	His aunt **told** him the truth.	He **was told** the truth *by* his aunt.
		The truth **was told** to him *by* his aunt.
B)	The king **bought** her a yacht.	A yacht **was bought** for her *by* the king.

A）他阿姨**告訴**他真相。　　　經由他阿姨，他**被告知**真相。

經由他阿姨，真相**被告知**給他。　◇to ⊙P.76 ❶

B）國王**買**給她一艘遊艇。　　　遊艇是**被**國王**買**來給她的。

　　◇ P.25**B**的動詞是被動語態時，一般由O物當主詞，而留在原位的O人就必須加上
　　 "for"。

	S　　V　　O　　C	
2. A)	I **named** him Allan.	He **was named** Allan.
B)	What **did** you **name** him ?	What **was** he **named** ?

A）我幫他**取名**叫Allan。　　　　他**被取名**叫Allan。

B）你幫他**取**了什麼名 ?　　　　他**被取名**叫什麼 ?

　　◇A）的補語是名詞，B）的是疑問詞。

　　◇在A）、B）的被動句中不需要 "by me" 與 "by you"。⊙下方的MEMO

MEMO

省略〈by…〉

實際上被動語態的〈by…：由～〉經常被省略。下列是本章所舉的一部分例句：

1. The library **was closed** at three. 　　圖書館3點關門。 ⊙P.73
2. Spanish **is spoken** in Chile. 　　（在智利，西班牙文**被說**⇨）在智利說
西班牙文。 ⊙P.77
3. Millions of people **were killed** in the war. 　數百萬人在戰爭中**被殺**了（被奪走了生
命／死了）。 ⊙P.80

1. 很清楚是〈被誰〉（圖書館員）「關門」，所以無須贅言。
2. 不需特別解釋西班牙文是被〈一般人民（非特定多數）〉說，且不自然。
3. 〈被誰〉「殺了」並不明確。

B 「心理」的被動語態

英文多以動詞的**被動語態**來表現內心的感情；**中文**則多以**主動語態**表示。

及物動詞	被動語態	中譯
1. surprise 人：使人驚訝	**be surprised** ：被驚訝 ⇨	驚訝
2. satisfy 人：使人滿意	**be satisfied** ：被滿意 ⇨	滿意
3. interest 人：使人感興趣	**be interested** ：被感興趣 ⇨	感興趣

◇1.～3.的及物動詞並沒有「驚訝／滿意／感興趣」的意思。

1. He was surprised at   the news.　（他 被驚訝 於通知⇨）　　他對通知 感到驚訝 。

2. We are satisfied with the result.　（我們 被滿意 於結果⇨）　我們對結果 感到滿意 。

3. I   am interested in   the book.　（我 被感興趣 於那本書⇨）我對那本書 感興趣 。

心理層面的被動語態，其「被動」意味薄弱，因此 "by" 以外的介系詞較常使用。

C 被動語態的慣用句

與 B 相同，較多 "by" 之外的介系詞。

1. A）	be covered with 〜	被 〜 覆蓋	C） be known to 〜	被 〜 所周知
B）	be filled with 〜	被 〜 充滿	D） be killed	（被 〜殺⇨）死
2. A）	They say that S 〜		大家說 〜	
B）	It is said that S 〜		據說 〜	
C）	S be said to 〜		據說 〜	

◇2. B） 虛主詞句型 ◉P.180

1. A） The field **is covered with** deep snow.　　原野**被**一片大雪**覆蓋**。

   B） The concert hall **was filled with** teenagers. 演唱大廳聚集了青少年。

   　　　　　　　　　　　　　　　　　　　　　（演唱大廳**被**青少年**湧進**。）

   C） This fact **is** not **known to** the public.　　這個真相尚未**被**社會大眾**知道**。

   D） Millions of people **were killed** in the war.　數百萬人在戰爭中**被殺**了。

   　　　　　　　　　　　　　　　　　　　　　（被奪走了生命／死了）

2. A） They **say** that the new president   is a hawk.

＝B） It is said that the new president   is a hawk.

＝C）　　　　The new president is said to be a hawk.

　　　　　　　　　　　　　　　新任總統**被評為**是鷹派（好戰的強硬派）。

D 未使用 "be" 的被動語態

① get pp （過去分詞）：（ 變成 被 ～ 的狀態 ⇨） 被～

　　把被動語態 be pp 的 "be" 換成 "get"，就變成 get pp 的形式。〈be＋pp〉可表示【動作】、【狀態】[○P.73❶]，而〈get＋pp〉的 "get" 表示「變成～」的動作，因此常被用於**明確表示【動作】意思的被動語態**。○P.59

1. A）Many lives **were lost** in the tsunami.　（許多生命**喪失**於海嘯中⇨）
　　　　　　　　　　　　　　　　　　　　　　許多人命**喪**海嘯【動作】。

　 B）He **was lost** in thought　（他**迷失**於思考中⇨）他陷入
　　　　　　　　　　for a long time.　沉思很長一段時間【狀態】。

　 C）Alice **got lost** in the woods.　（Alice**迷失**於森林裡⇨）
　　　　　　　　　　　　　　　　　　Alice在森林裡迷路了。

　　　　　　　　　　　　　　　　　　◇此形式只表示【動作】。

2. A）The poster **was torn** to pieces.　海報**被撕碎**了。◇tear-tore-torn
　 B）The poster **got torn** to pieces.　海報**被撕**得碎碎的。

② have O pp （過去分詞）：O被pp

　　〈S have O pp 〉句型（此句型還有其他意思 ○P.122）所表現的意思並非〈 主詞 被pp ＝一般被動語態 [○下例1.]〉，而是〈主詞 O 被pp [○下例2.]〉。

1.　　　┌─ 被動關係 ─┐
　　　S　　　be pp　　　　主詞　　　被pp
　　　Her car **was stolen**.　　　她的車　被偷了。

2.　　　　　┌─ 被動關係 ─┐
　　S **have** O　　pp　　　　主詞 O　　　被pp
　　She **had** her car **stolen**.　　她的 車　被偷了。

Chapter 4 助動詞

中文的助動詞「會」、「可以」、「好像」等都加在動詞前。那英文有哪些助動詞呢？又該如何使用呢？

1 2種助動詞

助動詞置於動詞前，可分為下列2種，不過本章以 **B** 為主。

A be．have．do ── 用於進行式、完成式 ●P.49

這些 助動詞 沒有特定的意思，會因主詞而改變形式，且皆可獨立當動詞。

1. be：用於進行式 be ＋ ～ing ／被動語態 be ＋ pp 。　◇pp＝過去分詞 ●P.46
2. have：用於完成式 have ＋ pp 。
3. do：用於一般動詞的否定句與疑問句。

---

1. I am writing ...
   在寫
   It is written ...
   被寫

2. I have written ...
   已經寫了
   He has written ...

3. I do not write ...
   不寫
   He does not write ...

B can．must．should等 ── 意思附加於動詞上 ●P.13

這些 助動詞 皆與 原形動詞 一起使用＊，為動詞加上不同的意思。一般提到的助動詞就是指這些。不同於 **A**，它們並不因主詞而有所變化。

＊ **A**的3.也須搭配原形動詞。

I can write ...
He can write ...
會寫

I must write ...
He must write ...
必須寫

I should write ...
He should write ...
應該寫

He writes. 寫　◇主詞是第3人稱單數時，動詞的現在式需加 "s"。
He ×cans write 會寫　◇主詞就算是第3人稱單數，助動詞的現在式也不加 "s"。

◆否定句與疑問句的造法（**A B**相同）●P.30、P.52

Chapter-4　助動詞

2種助動詞

1
英文文法ＡＢＣ

2
動詞

1

3
動狀詞

4
理解句型

5
品詞的應用

「助動詞」一覽表

	意思		相反的意思	過去的意思
can ○P.84	會～（≒be able to）	能力・可以	can't (cannot)	could
	可能性（can't：不可能～）		must	can't have pp
may ○P.85	可以～	許可	may not must not	
	說不定～	推測	may not	may have pp
must ○P.86	必須～ （≒have to）	義務	don't have to don't need to	had to
	must not：不可以～	禁止	may	
	一定～	確信	can't	must have pp
should / **ought to** ○P.87	應該～	義務	should not / ought not to	should have pp / ought to have pp
	應該～	推測		
	《感情》的 "should" / 《要求》的 "should"			
need ○P.89	need not：不需要～ （＝don't need to）	不必要	must	need not have pp
had better ○P.90	最好～	建議	had better not	

◇pp＝過去分詞

will / **would** ○P.92	will	強烈意志	要
	will not		不要
	would not		當時不要～
	would	過去習慣	以前經常～
	used to	過去習慣	以前〔經常〕～
		過去狀態	以前～

◇表「未來」的 "will"。 ○P.56

表中省略使用頻度低的部分。

◆〈否定助動詞〉的縮寫請參考 ○P.31。

2 can

"can"（過去式：could）有2種意思——「會～」與「可能性」。

1	會～	A）～E）（有能力 ～ ⇨）會～ G）～I）（可能做 ～ ⇨）可以～ / 等等	◇ be able to也表示 「會」的意思。
2	可能性	can't：（沒有 ～ 的可能性 ⇨）不可能～ / 等等	

1.A)　　She **can**　　　　do it.　　　她**會**做。（表能力）

　B)　　I　**can**not　　　do it.　　　我**不會**做。

　C) **Can** he　　　　　　do it？　　　他**會**做嗎？

　D)　　You　will **be able to** do it.　　你**將來就會**做。

　E) My late wife **could**　　　do it.　　我的亡妻**會**做。（表過去能力）

　F) At last they **were able to**　do it.　　他們**終於會**做了。（表實際上）

　G) Mistakes **can** be corrected.　　錯誤**可以**被修正。

　　　　　　　　　　　　　　　　◇助詞詞（can）＋被動語態 ◎P.73

　H) You **can** go out and play now.　你現在**可以**出去玩了。

　 I) **Can** you pass me the soy sauce?　你**可以**遞醬油給我嗎？

2.A) He　**can't** be sick.　　　　他**不可能**生病。（表無此可能性）

　B) Men **can**　get breast cancer, too.　男人也**可能**罹患乳癌。（表可能性）

3 | may

"may"（過去式：might）有2種意思——「可以～」與「可能～」。

| 1 | 可以 ～ [許可] | You **may (can)** sit here. | ◇口語上較常用 "can"。 ●P.84 |
| 2 | 可能 ～ [推測] | He **may (might)** be sick. | ◇過去式（might）幾乎表示相同的意思。
◇表過去 "曾經可能～"。 ●P.91 |

1. A)　You **may (can)** sit here.　　　　　　　　你可以坐這裡。

　　B)　**May** I use your car?　　　　　　　　　（我可以用你的車嗎？⇨）

　　　　　　　　　　　　　　　　　　　　　　我可以跟你借車嗎？

Yes, you **may**. / No, you **may** not.*¹	好，可以。/ 不好，不可以。
No, you **must** not.*²	＊1 溫和的禁止
	＊2 命令型的強制禁止。●P.86
Of course you **can**. / I'm sorry you **can't**.	當然可以。/ 不好意思，不可以。

◇ ┌ 聽起來有點自大 ┐
　 └ 這邊較常用。 ┘

2. A)　He **may (might)** be sick.　　　　　　　他可能生病了。

　　B)　She **may** not know much about computers.　她可能不太了解電腦。

May I use your car?

4 must

"must"（無過去式）有2種意思——**A**「必須～」與**B**「一定～」。請留意**A**"must"與"have to"的關係。

A 必須 ～ [義務]

must / have to （必須～）的相反意思用"have to"的否定形 don't have to （不必～）來表示。因為"must"的否定形 must not 的意思是「不可以～」。"must"只有現在式，不過"have to"則有許多時態變化。

— 相反的意思 —

	1.	**must / have to** *		2.	**don't have to**
		必須 ～ [義務]			不必 ～ [不必要]
A)		We **must** hurry. / We **have to** hurry.	A)		We **don't have to** hurry.
B)		He **must** hurry. / He **has to** hurry.	B)		He **doesn't have to** hurry.
C)		We **had to** hurry.	C)		We **didn't have to** hurry.
D)		We **will have to** hurry.	D)		We **won't have to** hurry.

	3.	**must not**
		不可以～ [禁止]
A)		We **must not** hurry.
B)		He **must not** hurry.

1. A)	我們得趕快。		2. A)	我們不必趕。
B)	他得趕快。		B)	他不必趕。
C)	我們當時得趕快。		C)	我們當時不必趕。
D)	我們得要趕快。		D)	我們將不必趕。

3. A)	我們不可以趕。
B)	他不可以趕。

* " must " 帶有說話者的主觀，表示命令性的強烈意志；" have to " 則表示「有必要 ～ ⇨ 必須 ～」的客觀意思，比 " must " 溫和。

B 一定 ～ [確信]

1. He **must** be sick.　他一定生病了。（⇔He **can't** be sick：他不可能生病。）

◎P.84

2. He **must** be joking.　他一定在開玩笑。

◇〈助動詞＋進行式〉

| will | be flying | 將在飛。 ◎P.59 |
| must be joking | 一定在開玩笑。 |

5 should / ought to

　　"should" （無過去式）有2種「**應該～**」的意思，請見下方**A**（ "should" 是 "shall" 的過去式，不過這裡討論的是另一個獨立的助動詞 "should" ）。

　　"ought to" （無過去式）也有2種意思，與 "should" 幾乎一樣。 "should" 還有下面**B**中，出現在 "that子句" 裡的特殊用法。

A 應該 ～ [義務]
應該 ～ [推測]

1. A） We | **should** / **ought to** | follow her advice.　我們應該聽從她的建議。

　　B） You | **should** not / **ought** not to | judge people by their looks.　你不應該由長相下評斷。
（人不可貌相）

◇請注意 "not" 的位置。 ◎P.104

2. You | **should** / **ought** to | be able to buy it at the supermarket.　你應該可以在超市買到〔它〕。

◇be able to ◎P.84的MEMO

B that～should …

　　"should" 還有出現在 "that子句" 裡的特殊用法，又分為**要求的** "should" 與**感情的** "should" 。

① 要求的 "should"

　　這種 should 出現在前有出現 「要求」 語氣詞 的 **that子句裡** [◎P.188]，有「應該～」的意思，卻不常直譯出來。

1. The landlord	**demanded**	that the old couple 〔 **should** 〕 leave	.
2. Hanako	**proposed**	that they 〔 **should** 〕 keep the dog	.
3. It is	**necessary**	that you 〔 **should** 〕 follow his order	.

1. 房東	要求	老夫婦（應該離開⇨）退房	。
2. Hanako	提議（在此提議當作一種間接要求）	他們（應該留下狗⇨）養狗	。
3. 你	必須服從（**間接要求**「服從」）	他的命令	。

◆美式英文較常省略 " should " ，直接後接原形動詞（稱為「假設現在式」）。

| 1. The landlord | **demanded** | that the old couple leave | . |

◇表示「要求」的常見語氣詞

| 動　詞 | demand（要求）/ order（命令）/ propose（提議）/ request（請求） | ●上例1.、2. |
| 形容詞 | essential（絕對必要的）/ important（重要的）/ necessary（必要的） | ●上例3. |

② 感情的 "should"

這種 that子句 裡的 should 常用來**強調說話者的**「感情」。

1. It is	**natural**	that his parents should get angry	.
2. It is	natural	that parents love their children	.
3. It is	**strange**	that the police should know nothing about it	.
4. I'm	**surprised**	that you should say such a foolish thing	.

1. 他父母（生氣是很自然的⇨）**當然會生氣**。	◇「當然會生氣」，用 **should** 來強調說話者的「感情」。
2. 父母當然愛小孩。	◇如果說話者不帶個人「感情」，而是客觀陳述事實的話，就不用 "should"。
3. 警察對那一無所知也**太奇怪了**。	◇例1.～例3. ●P.180
4. 你會說這種蠢話真是**太讓我驚訝**。	

6 need

　"need" 不只是**助動詞**，也是**動詞**（動詞的使用頻率較高）。

動詞的 **"need"**

當 〈 need O：需要O 〉 變成

〈 **need** to 原形 〉時，意思就是

〈 **需要 ～** 〉。

助動詞的 **"need"** （無過去式）

與其他助動詞相同，變成

〈 **need** 原形 〉，表示〈 需要 ～ 〉

（僅限於否定句、疑問句）。

---

1. 肯定	S	**need**	**to ～**	.	×	S **need**	～	.
2. 否定	S *do not*	**need**	**to ～**	.	=	S **need** *not*	～	.
3. 疑問	*Do* S	**need**	**to ～**	?	=	**Need** S	～	?

需要	做～	。			
不需要	做～	。	=	不需要	做～	。
需要	做～	嗎?	=	需要	做～	嗎?

1.A)	You	**need**	**to** go	.	B)×	You **need**	go	.
C)	He	**needs**	**to** go	.	D)×	He { **need / needs** }	go	.
E)	He	**needed**	**to** go	.	F)×	He **needed**	go	.
2.A)	You *do not*	**need**	**to** go	.	= B)	You **need** *not*	go	.
C)	He *does not*	**need**	**to** go	.	= D)	He **need** *not*	go	.
E)	He *did not*	**need**	**to** go	.	≠ F)	He **need not have gone**		.
3.A)	Do you	**need**	**to** go	?	= B)	**Need** you	go	?

　1.A) 你需要去　　。

　　C) 他需要去。

　　E) 他當時需要去。

　2.A) 你不需要去　。

　　C) 他不需要去。

　　E) 他當時不需要去。　　　≠　F) 他<u>明明不需要去</u>〔，卻去了〕。

　3.A) 你需要去　　嗎？

ⓘ

2. E)	[動詞] <u>did not **need to** ～</u>	「當時不需要～」的意思，不知結果「～了」沒。
F)	[助動詞] **need not** have pp	「當時明明不需要pp～，卻～了」的意思。 ◎P.91

▶ **必須注意 "相反的意思"**

肯定

A）may	可以
B）must have to need to	必須 必須 需要
C）may	可能
D）must	一定

⇔

否定

A）may not must not	不可以 ◎P.85 不可以
B）need not don't have to don't need to	不需要 ◎P.89 不必 ◎P.86 不需要 ◎P.89
C）may not	可能不 ◎P.85
D）cannot	不可能 ◎P.84

A）You **may** do it.	你**可以**做。	A）You **may** **not** do it.	你**不可以**做。
		You **must not** do it.	你**不可以**做。
B）You **must** do it.	你**必須**做。	B）You **need not** do it.	你**不需要**做。
You **have to** do it.	你**必須**做。	You **don't have to** do it.	你**不必**做。
You **need to** do it.	你**需要**做。	You **don't need to** do it.	你**不需要**做。
C）It **may** be true.	**可能**是真的。	C）It **may not** be true.	**可能不**是真的。
D）It **must** be true.	**一定**是真的。	D）It **cannot** be true.	**不可能**是真的。

7 | had better

　"had better～" 是「**最好～**」的意思，表示建議或命令。否定意思的「最好不要～」就是 "had better not～"（× had not better）。

1. A)	You **had better** see a doctor.	你**最好**去看醫生。
＝B)	You**'d** **better** see a doctor.	◇口語上較常用 "～'d"。
2.	We**'d** **better** not rely on her help.	我們**最好**不要仰賴她〔的幫忙〕。

8 助動詞的「過去」

下列2種方法可以表現助動詞的「**過去**」。　　　　　　　　　　◇pp＝過去分詞

	現在的意思	現在式	原形
① 將助動詞的 現在式 變成 過去式 ，動詞維持原形。	過去的意思	↓ 過去式	原形
② 原形 動詞變成 have pp ，助動詞維持現在式。	現在的意思	現在式	原形 ↓
	過去的意思	現在式	**have pp**

can	1. A）不能～	can't	原形
	B）當時不能～	**couldn't**	原形
	2. A）不可能	can't	原形
⊙P.84	B）當時不可能～	**can't**	**have pp**
may	3. A）可能～	may	原形
⊙P.85	B）可能～了	**may**	**have pp**
must	4. A）必須～	must	原形
	B）當時必須～	**had to**	原形
	5. A）一定～	must	原形
⊙P.86	B）當時一定～	**must**	**have pp**
should （ought to）	6. A）應該～	should （ought to）	原形
⊙P.87	B）當時應該～，卻沒～	**should** （ought to）	**have pp**
need	7. A）不需要～	need not	原形
⊙P.89	B）當時不需要～，卻～	**need not**	**have pp**

1. A）I	**can't**		go	today.	我今天不能去。
B）I	**couldn't**		go	yesterday.	我昨天不能去。

2. A）He	**can't**		**be**	sick.	他不可能生病。
B）He	**can't**		**have been**	sick.	他當時不可能生病。

3. A）She	**may**		**lose**	her way.	她可能會迷路。
B）She	**may**		**have lost**	her way.	她可能迷路了。

| 4. | A） | I | **must** | **work** | overtime. | 我**必須**加班。 |
| | B） | I | **had to** | **work** | overtime. | 我**當時必須**加班。 |

| 5. | A） | He | **must** | **be** | very tired. | 他**一定**很累。 |
| | B） | He | **must** | **have been** | very tired. | 他**當時一定**很累。 |

| 6. | A） | We | **should** | **buy** | tickets. | 我們**應該**買票。 |
| | B） | We | **should** | **have bought** | tickets. | 我們**當時應該**買票才對。 |

| 7. | A） | You | **need not** | **iron** | the shirt. | 你**不需要**燙襯衫。 |
| | B） | You | **need not** | **have ironed** | the shirt. | 你**當時不需要**燙襯衫的。 |

9 will · would · used to

| "will" 的一般用法 ◯P.56 | 單純未來 | | will ～ | | 將 ～ 吧 | |
| | 意志《未來》 | | will ～ | | 要 ～〔打算 ～〕 | |

↓

"will" 的特殊用法	意志《現在》	**A**	will ～	強烈意志	（不管如何）要 ～
			will not ～		（不管如何）不要 ～
"would" 的特殊用法	意志《過去》		would not ～		（不管如何）當時不要 ～
		B	would ～	過去的習慣	以前〔經常〕～

| | | used to ～ | 過去的習慣 | 以前〔經常〕～〔現在不同了〕 |
| | | used to ～ | 過去的狀態 | 以前～〔現在不同了〕 |

| **C** | be used to... | 習慣…… |

　這裡提到的特殊用法包括 "will" 與 "would" （will的過去式），"used to"、"be used to" 等。

　"will" 與 "would" 的特殊用法就是把一般用法的**意志**《未來》的《未來》 ➡ 變成《現在》與《過去》。

A 強烈意志

這個用法的 "will" 表示**主詞現在擁有的強烈意志**。同樣地，"would" 就表示**主詞在過去某刻擁有的強烈意志**（兩者都會強調發音）。下例2.表示**無生命的 "強烈意志"**（邏輯與「人」的情況相同）。

1. A）People **will** talk.　　　　　　　　　（人會說話⇨）

　　　　　　　　　　　　　　　　　　　無法阻止別人說三道四。

　　B）I warned the boy to drop the gun,　我當時警告男孩放下槍，

　　　　but he **would not**.　　　　　　　可是他卻怎樣都不肯。

　　　　　　　　　　　　　　　　　　　◇would not〔drop it〕。
　　　　　　　　　　　　　　　　　　　◇warn 人 to ～：警告人～。

2. A）The door **will not** open.　　　　　**怎樣都開不了門**。

　　B）The engine **would not** start.　　　**當時怎樣都發不動引擎**。

B 過去的習慣／過去的狀態

1	**would ～**	過去的習慣：以前〔經常〕～
2	**used to ～**	過去的習慣：以前〔經常〕～〔現在不同了〕
3	**used to ～**	過去的狀態：以前～〔現在不同了〕

1. A）We **would** *often* go to the movies together.　我們以前經常一起去看電影。

　　B）My father **would** *often* come home drunk.　我爸爸以前經常喝醉酒回家。

2. I **used to** drive to work, but *now* I take the bus.　我以前開車上班，但是現在搭
　　　　　　　　　　　　　　　　　　　　　　　公車。

3. They **used to** live in a very large house.　他們以前住在大房子裡〔現在
　　　　　　　　　　　　　　　　　　　　　　不同了〕。

❶ 1. 經常用〈**would** *often*〉表示「以前〔經常〕～」的「**過去習慣性動作**」。這裡的 "**would**"
　　隱含說話者的感情（回想過去時的心情）。

　2. 把「**過去的習慣**」與現在比較，表示「以前〔經常〕～〔現在不同了〕」。客觀地比較過去的
　　事實與現在，與例1.不同，並不帶說話者的感情。

　3. 把「**過去的狀態**」與現在比較，表示「以前 ～〔現在不同了〕」。

C be used to... | 習慣……

　這個 "used" 是形容詞，表示「**習慣**」的意思。如果把代表「狀態」的 "be" 換成代表「動作」的 "get / become" 的話，就是「習慣～」的意思〔●P.22〕。"to" 是介系詞，"…" 是名詞、動名詞等。 ●P.184 **A**

1. A）He	**is used**	**to** the work.		他**習慣**了工作。
B）He	**is used**	**to** working	late at night.	他**習慣**工作到很晚。
C）I	**used**	**to** work	late at night.	我**以前經常**工作到很晚。
				● **B** 2.
D）The drug **is used**		**to** kill	rats.	這個藥 被用來 殺老鼠。
				●P.72　●P.98
2. You'll soon	**get used to**	driving on the right.		你很快就會**習慣**靠右開車。

MEMO
　　"would" 的慣用句

1.	would like to～	想要～		◇〈want to～：想要～〉的客氣表現。	●P.98
2.	Would you～？	可以麻煩請你～？	◇〈Will you～：可以請你～？〉的客氣表現。		●P.56
3.	would rather～	寧可～			

　　◇口語上，1.、3.的 "would" 會變成 "～'d"。

1. A）I **want to** read Sartre in the original . 　　　　我想讀沙特的原文。
　 B）I'**d like to** book a table for four . 　　　　　　我想訂4個人的位子。

2. A）**Will** you tell me a story ? 　　　　　　　　　你會講故事給我聽嗎？
　 B）**Would** you tell me the way to the health center ? 可以麻煩請你告訴我怎麼去健康中心嗎？

3. I'**d rather** stay home〔than go out〕. 　　　　　　我寧可在家〔也不要出去〕。
　　　　　　　　　　　　　　　　　　　　　　　　◇ 也可以加上〔than 原形動詞：比起做**原形動詞**〕。

動詞的另一張臉
動狀詞

🖊 動狀詞

動狀詞有2種用法。一種是基本的用法，當〈S＋V〉的 V＝述語動詞 [❍Part 2]；另一種是在V以外的位置（如下▼）當受詞、主詞、修飾詞等〔的一部分〕。此時動詞雖然當名詞、形容詞使用，但還是兼具動詞原本的性質（意思），因此稱為**動狀詞**。

❶ 1. A）"**plays**＝現在式"是述語動詞**V**。

    B）"**play**＝原形"前加"**to**"當作名詞是受詞**O**的一部分。 ❍P.23

       —— 動詞在述語動詞**V**之外的位置▼，就是動狀詞的用法。

    C）"**play**"加上"**ing**"當作名詞，是主詞**S**的一部分——動狀詞。

  2. A）"**fly**"加上"**ing**"與"**is**"連結成為進行式，屬於述語動詞**V**。 ❍P.59

    B）"**fly**"加上"**ing**"當作形容詞般的修飾詞〔的一部分〕，是用來修飾名詞 ❍P.14的——動狀詞。

如上所述，動狀詞可分為下列幾種。我們將在Part3中，分別介紹「**不定詞**」、「**分詞**」、「**動名詞**」。

  1. to play （to＋原形動詞） ＝不定詞   ❍P.97

    playing （原形動詞＋ing） ＝動名詞   ❍P.128

  2. flying （原形動詞＋ing） ＝〔現在〕分詞 ❍P.116

不定詞

不定詞有許多用法，下面 ① 中的「3種用法」是最基本的。請注意，就算是同一個不定詞（to study），只要用法不同，意思就會不同。

◆ to不定詞與原形不定詞

不定詞可分成「**to不定詞**」與「**原形不定詞**」。一般不定詞就是「**to不定詞**」。

① **to不定詞＝to＋原形動詞**	"to"加上"原形動詞"，就是**一般不定詞**，有許多用法。
② **原形不定詞＝原形動詞**	沒有"to"、只有"原形"的特殊不定詞，有下列2種用法，不過本章只介紹1.的用法。 1. see / make O 原形 的句型。　●P.109 B 2. 接於助動詞之後或其他用法。　●P.82 B

---

① 不定詞的3種基本用法

不定詞 to＋原形動詞 的**基本用法**可分成下列3種。

A 名詞的用法

　　　S　V　　　O
He started a business .　　　　　他開始 一個事業 了。
　　　　　　　　　　　　　　　　◇動詞的受詞是名詞。
He started to study law .　　　他開始 學 法律 了。

不定詞〔片語*〕 與 a business 一樣，都是**受詞**。也就是說，〈to＋**動詞**（study）〉它被當成**名詞**使用，因此稱之為「**名詞的用法**」。

＊不定詞片語＝以不定詞為中心的片語　●P.41

B 形容詞的用法 修飾前面的名詞*。 *或是代名詞

　　　　　　　　名詞　　修飾詞
He needed time to study law .　　他需要（念法律的時間⇨）時間
　　　　　　　↑_____|　　　　　　　　　念 法律 。

這種不定詞被當成**形容詞**，**用來修飾名詞** "time"（說明「時間」用來做什麼），因此稱為「**形容詞的用法**」。

動詞　　　　　修飾詞
He left the company **to study** law . 他（為了念法律離開公司⇨）辭職去 念 法律 。

這種不定詞被當成**副詞**，用來修飾動詞 "left"（說明爲什麼「辭職」），因此稱爲「**副詞的用法**」。

A 名詞的用法

不定詞〔片語〕 在下例1.是主詞；在下例2.是補語；在下例3.是動詞的受詞。

　　　　　　s　　　　　　　　v　c
1.A） **To carry** out the plan is impossible. 實現那計畫 是不可能的。

＝B） It is impossible **to carry** out the plan . 不可能 實現 那 計畫 。
◇B）是虛主詞句型。◉P.108

　　　　s　　　　　　v　　c
2.　　His goal in life was **to have** his own house . 他的人生目標曾是**擁有他自己的房子**。

　　　　s v　　　　o
3.　　I don't want **to give** you my cold . 我不想把感冒**傳染**給你。

◇其他常見的用法

attempt / try	to ～	試著～
begin / start	to ～	開始～
hope / want	to ～	希望～
intend / mean	to ～	打算～

B 形容詞的用法：名詞 to ～

1.A） I have no friend **to help** me . 我沒有（幫我的朋友⇨）朋友幫我。

＝B） I have no friend **who** will help me. ◇也可用關係代名詞 "who" 造句。◉P.151

2.　　He gave me his promise
　　　 to be back by Christmas .

他（給了我在聖誕節前回來的**承諾**
⇨）答應了我在聖誕節前**回來**。

◇be back：回來

3. A）　　　　 live in a house　　　　住 在 家裡

B）　 a house to live in 　　　　 住的　　家

×C）　　　 live 　　a house　　　　住　　家

×D）　 a house to live 　　　　 住　　家

❶ 例句3.的B）把A）的名詞放到動詞前，也就是把動詞變成**不定詞**，此時B）須把A）的介系詞 in
留在原位。缺少介系詞的C）與D）都是錯的，**請注意切勿遺漏介系詞**。

C 副詞的用法

這種不定詞有許多意思，主要是以下5種：

1	目的	eat	**to live**	：**為了活**而吃
2	原因	glad	**to meet** you	：很高興**認識**你
3	理由	crazy	**to do** such a thing	：**做那種事**真是瘋狂
4	修飾形容詞	easy	**to learn**	：（**學** ～很簡單⇨）很好**學**
5	結果	grew up **to be** a priest		：長大後**成為**牧師

1. We eat to live , not live to eat .

我們 為了活 而吃，並非 為了吃
而活。

◇「吃／活」這兩個不定詞用來說明目
的。

2. I'm glad to meet you .

我很高興 認識你 。

◇不定詞說明「很高興」的原因。

3. He is crazy to do such a thing .

他 做那種事 真是瘋狂。

◇ 不定詞說明「他真是瘋狂」的理由
（判斷的根據）。

4. A) This song is easy **to learn** . （[學][這][首歌] 很簡單⇨）

這首歌很好學。

◇不定詞說明什麼「很簡單」。

＝B) [It] is easy **to learn** this song . [學][這][首歌] 很簡單。 ◐P.108

5. A) He grew up **to be** a priest . 他長大後 [成為牧師]。

＝B) He grew up **and became** a priest.

②| 不定詞的主詞

🖋 何謂「不定詞的主詞」——[to原形動詞] 的主詞是誰？

S　　V　　修飾詞　　　修飾詞
1. **He** went to Australia **to learn** . English . 他去澳洲 [學][英文] 了。

S　　　　V　　O₁　　O₂
2. We should give **them** a chance **to explain** . 我們應該給**他們**一個機會 [解釋]。

◇chance to explain ◐P.97 **B**

1. 〈**He** went：S＋V〉表示動詞 "went" 的主詞是 "**He**"，那麼**不定詞** [to learn：
[為了學] 的主詞是什麼——也就是**誰** [學] 英文呢？雖然句子上未明示，不過**從整
句的意思**判斷出 [學] 的人也是「**他**」。在意思上，"**He**" 是 [to learn] 的主詞，
因此 "**He**" 就叫做「**不定詞的**〔意思上的〕**主詞**」。

2. 不定詞 [to explain] 的主詞與上述例1.同樣未經明示，不過我們可以從**整句話的
意思**判斷 [解釋]，這裡不定詞所指的就是「**他們**」。因此 "**them**" ——整句的受
詞——是不定詞 [to explain] 的主詞。

A 未明示不定詞的主詞時

　　不定詞的主詞可能在句中**未特別明示**，也有**可能用《for》等字眼明示**出來。如
同前頁例句，實際上未明示的情況較多，下列我們將再舉幾個例子。

1. A) I want **to meet** her. 我想見她。

B) I want <u>you</u> **to meet** her. 我**希望**你見她。

◇ want O to ◐P.110

2. [It] will take a week **to repair** the road . 需要花一週的時間來 [修路]。

◇虛主詞句型 ◐P.108

3. **To live** is **to fight** .　　　　　　生存就是**奮鬥**（人生如戰場）。 ●P.97 Ⓐ

	不定詞	不定詞的主詞	
1. A)	**to meet**	I（整句的主詞）	◇與她「見面」的是「我」。
B)	**to meet**	you（整句的受詞）	◇與她「見面」的是「你」。
2.	**to repair**	修路工人	◇例句2.、3.當中並未明示不定詞的主詞。
3.	**To live / to fight**	一般人	◇「生存」、「奮鬥」的主詞是非特定的一般人。

Ⓑ 明示出不定詞的主詞時

① ⟮ for 主詞 ⟯ to ～ ：一般形式

　　當有**必要**明示不定詞的主詞時，一般會在 不定詞 前放〈**for 主詞**[*1]〉，也就是 不定詞 前的〈for…〉代表主詞。

＊1代名詞的話為受格。

	不定詞的主詞	不定詞	
1. A) The important thing is		to join	forces .
B) The important thing is **for us**		to join	forces .
C) The important thing is **for everyone**		to join	forces .

A) 重要的是　　　　 共同協 力 合作 。
B) 重要的是**我們要**　 共同協 力 合作 。
C) 重要的是**大家要**　 共同協 力 合作 。

A) 因為未明示**不定詞** to join 的主詞，所以並不清楚誰要「共同協力合作」。

如果想表示「**我們要共同協力合作**」的話，**不定詞的主詞就是「我們」**——
B) 就得在**不定詞** to join 前放〈for us〉。

同樣地，如果想表達「**大家要共同協力合作**」——
C) 就得在 不定詞 前放〈for everyone〉，來表示 不定詞 的主詞是 "everyone"。

2.A）There is no need 　　　　　　 **to apologize** . 　　沒必要 道歉 。 **◎**P.97 **B**

＝B） **It** is not necessary 　　　 **to apologize** . 　　不需要 道歉 。 **◎**P.108

　C）There is no need **for you** 　　 **to apologize** . 　　你沒必要 道歉 。

　　　　　　　　　　　　　　　　　　　　　　　◇在A）加入不定詞的主詞。

＝D） **It** is not necessary **for you** **to apologize** . 　你不需要 道歉 。

---

② of 主語 to ～ ：特殊形式

　　如前所述，一般用〈for 主詞〉來表示不定詞的主詞，不過下列句型※又可分成2種方法來表示不定詞的主詞。例如：**句型1.**一般用〈for 人〉來表示不定詞的「主詞：人」*[1]，這裡的**人並未與形容詞劃上等號**。而**句型2.**中，**不定詞的「主詞：人」**[2]，卻以〈of 人〉的特殊形式出現，**這裡的人就與形容詞劃上等號**。

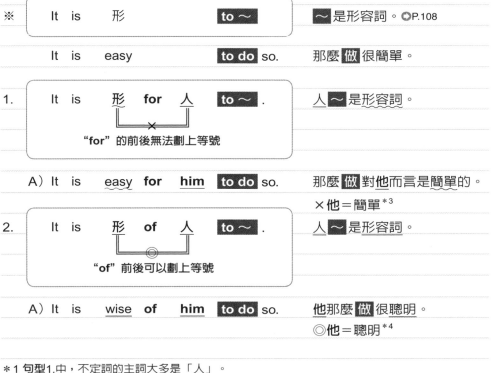

※　　It　is　形　　　 **to ～** 　　　～是形容詞。**◎**P.108

　　　It　is　easy　 **to do** so.　　那麼 做 很簡單。

1.　　It　is　形　for　人　 **to ～** .　　人～是形容詞。
　　　　　　　　　"for" 的前後無法劃上等號

　A）It　is　easy　for　him　 **to do** so.　　那麼 做 對他而言是簡單的。
　　　　　　　　　　　　　　　　　　　　　　×他＝簡單*[3]

2.　　It　is　形　of　人　 **to ～** .　　人～是形容詞。
　　　　　　　　　"of" 前後可以劃上等號

　A）It　is　wise　of　him　 **to do** so.　　他那麼 做 很聰明。
　　　　　　　　　　　　　　　　　　　　　　◎他＝聰明*[4]

＊1 **句型1.**中，不定詞的主詞大多是「人」。

＊2 **句型2.**中，不定詞的主詞一定是「人」。

＊3 是「〔他〕那麼做很簡單」，而不是「他很簡單」。

＊4 表示「（那麼做的）他＝聰明」、「那麼做＝聰明」，具雙重意義。

　　下列是**句型1.**的例子──"for"的前後無法劃上等號，翻譯時請把 for之後的詞句 當成「真正的主詞」。 ●P.108

1. B） It is important **for you** to understand her feelings .

　 C） It may be possible **for the two countries** to agree on this point .

　　　　B） 你了解她的感受 　　　是重要的。　　　×你＝重要
　　　　C） 兩個國家同意這一點 說不定是可能的。 ×兩個國家＝可能

　　下列是**句型2.**的例子──"of"的前後可以劃上等號，也就是〈**人＝形容詞**〉的意思。因此，也可變成以「**人**」為主詞的句子（#）。

2. A） It is wise **of him** to do so.
　 ＝ # **He** is wise to do so.

　 B） It was careless **of her** to give him her home address.
　 ＝ # **She** was careless to give him her home address.

　 C） It's very kind **of you** to come .
　 ＝ # **You** are very kind to come .

　　　　A） 他**那麼做**很聰明。　　◎他＝聰明
　　　　　# 的 "to do so" 表示「他很聰明」的理由。B）與C）的 # to give / to come 也是。
　　　　　●P.99 C
　　　　B） 她不小心給了他住址。　　◎她＝不小心
　　　　C） （你**來**真好⇨）謝謝你來。　　◎你＝好

　　下列是**句型2.**常用的一些形容詞（與人劃上等號），而**句型1.**則是使用另外的形容詞（不與人劃上等號）。

brave（勇敢的）／ careless（不小心的）／ clever , sensible , wise（聰明的）／ crazy（瘋狂的）
foolish , silly , stupid（愚蠢的）／ good , kind , nice（好的）等等

3 不定詞的各種形式

A 1	不定詞 的否定	*not* to ～	◇否定不定詞就是在 不定詞 前放"**not**"。
2	不定詞 的被動語態	to *be* pp	◇pp＝過去分詞
3	不定詞 的進行式	to *be* ～ ing	

        s   v   o

1. A) He tried   to help .   他試著去**幫忙**。

    B) He tried *not*   to help .   他試著不去**幫忙**。

                                      ◇ "not" 是否定不定詞 " to help " 。

    C) He *did not* try to help .   他（**沒有試著幫忙** ⇨）沒有想幫忙。

                                        ◇ "not" 否定述語動詞 "try"。

    D) Be careful *not* to hurt yourself.   小心**不要**（傷到自己 ⇨）**受傷**。

2. A) It   *is checked* regularly.   這有定期**檢查**。

    B) It needs to *be* *checked* regularly.   這需要定期**檢查**。

3. A) Everything *is going* well.   一切**進行**順利。

    B) Everything seems to *be* *going* well.   **看起來一切進行順利。**

                               ◇seem ◯P.106

＝C) It seems that everything *is going* well.

B (to have pp)：不定詞的完成式

    下列將不定詞的一般形式（to 原形）叫做「**簡單式不定詞**」；將不定詞的完成式（to have pp）叫做「**完成式不定詞**」。

         to 原形

| 簡單式不定詞 | 表示與 | 述語動詞 ＝ 同時* | * ◯P.105的 ❶ |
| 完成式不定詞 | 表示比 | 述語動詞 ← 早的時候 | ◆ *seem to* ＝ 看起來～ 好像 ～ ◯P.106 |

       to have pp

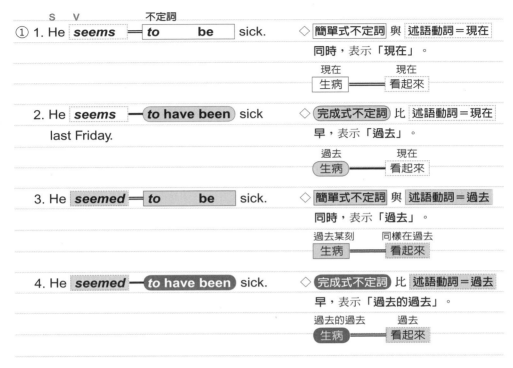

① 1. He **seems** — **to be** sick.
　S　V　　　不定詞

◇ 簡單式不定詞 與 述語動詞＝現在 同時，表示「現在」。

2. He **seems** — **to have been** sick last Friday.

◇ 完成式不定詞 比 述語動詞＝現在 早，表示「過去」。

3. He **seemed** — **to be** sick.

◇ 簡單式不定詞 與 述語動詞＝過去 同時，表示「過去」。

4. He **seemed** — **to have been** sick.

◇ 完成式不定詞 比 述語動詞＝過去 早，表示「過去的過去」。

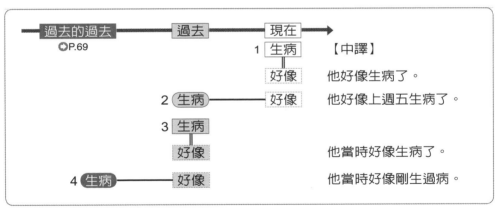

【中譯】

1 他好像生病了。

2 他好像上週五生病了。

3 他當時好像生病了。

4 他當時好像剛生過病。

❶ 簡單式不定詞 也可以表示比 述語動詞 更「晚的時候（未來）」。

I **hope** **to find** a new job. 　我 希望 找到 一個新工作。

◇ 現在希望 未來找到

105

▶ 如何換成 It 當主詞的句型

　　下面①與②是不定詞的慣用句（① ◑P.105），這些句子都可以換成 "It" 當主詞、意思相同的句型※。※指連接詞 "that" 之後放主詞S；而不定詞 "to～" 則因應主詞與時態而變化（連接詞之後是 "S＋V" 的一般句子）。

①	S seem* to ～	看起來 ～（好像 ～）
	＝※It seems that S	
②	S be* said to ～	據說 ～
	＝※It is said that S	

＊指需因應主詞與時態變化。

※是現在式的情況。

①的 "seem [s]" 也可換成 "appear [s]"，意思幾乎相同。

前頁

　　　　　　　　　　　S　V　　　　不定詞

① 1.　　　　　　　He **seems** ═ **to** **be** sick.　他好像生病了。

＝※ It **seems** *that* he 　　　　　　　**is** 　sick.

2.　　　　　　　He **seems** ═ (**to have been**) sick　他好像上週五生病了。

　　　　　　　　last Friday.

＝※ It **seems** *that* he 　　　　　　**was** 　sick

　　　　　　　　last Friday.

3.　　　　　　　He **seemed** ═ **to** **be** sick.　他當時好像生病了。

＝※ It **seemed** *that* he 　　　　　**was** 　sick.

4.　　　　　　　He **seemed** ═ (**to** have been) sick.　他當時好像剛生過病。

＝※ It **seemed** *that* he 　　　　**had** **been** sick.

Chapter-1 不定詞

不定詞的各種形式

1 英文文法ABC

2 動詞

3 動狀詞

4 理解句型

5 品詞的應用

下面的②與①相同，**簡單式不定詞**表與V同時；**完成式不定詞**表比V早的時候。

② 5.   She   *is*   *said*   *to*   *be*   the author of this report.

= ※ ***It is***   ***said that*** she   **is**   the author of this report.

6.   She   *is*   *said* (*to have written*) this report.

= ※ ***It is***   ***said that*** she   **wrote**   this report.

7.   He   *was* *said*   *to*   *have*   enemies everywhere.

= ※ ***It was said that*** he   **had**   enemies everywhere.

8.   He   *was* *said* (*to* have lived) a lonely life.

= ※ ***It was said that*** he   **had lived**   a lonely life.

5. **據說**她是這個報告的作者。   6. **據說**她寫了這報告。

7. **據說當時**到處都有他的敵人。   8. **當時據說**他過了寂寞的一生。

C (**what to do** | **做什麼**)：疑問詞＋不定詞

疑問詞 ＋**不定詞** 表示下列意思。這種不定詞片語大多是動詞的受詞。

1	what	to do	做	什麼	
2	where	to go	去	哪裡	
3	when	to come	來	何時	
4	how	to cook	做菜	怎麼	

1. I don't know   **what**   **to do**   .   我不知道**做什麼**好。

2. Have you decided   **where**   **to stay** in Athens ?   你已經決定要住在雅典的

                                              哪裡了嗎？

◇have decided ○P.62 **A**

3. My uncle taught **me**   **how**   **to drive**   .   我叔叔教了我**怎麼開車**。

4 虛主詞句型與虛受詞句型

1.〈It・to〉的虛主詞句型

2.〈it・to〉的虛受詞句型

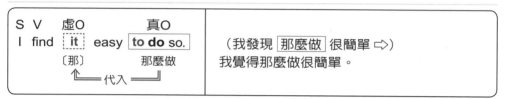

1. A）以不定詞為主的這三個字是主詞，不過這樣的句型有些「頭重腳輕」，並不
是很好。◯P.19 的MEMO

　 B）這種句型是把 長主詞 移到後面當「**真主詞**」，句首則放「**虛主詞**」It 。
　　　It 表示（等於）to之後 的內容，所以翻譯時只需把 to之後 代入 It 即可
　　　（不譯出 "It"），這種句型就叫做「**虛主詞（形式主詞）句型**」。

　 C）B）加上不定詞的主詞 [◯P.101]，把for之後全都當作真主詞。

2. A）不能把 不定詞片語 （＝長受詞）放在第5句型 [◯P.27] 的受詞位置。

Chapter-1　不定詞

虛主詞句型與虛受詞句型 /（S．）V・O・不定詞

1 英文文法ABC

2 動詞

3 動狀詞

4 理解句型

5 品詞的應用

B）把　長受詞　往後移，當作「**真受詞**」，在原本的位置補上「**虛受詞**」　it　。
與例句1.B）相同，　it　等於　to之後　，所以翻譯時只需把　to之後　代入　it　
即可（不譯出"it"），這種句型就叫做「**虛受詞（形式受詞）句型**」。

3. A）　It　is difficult　　　　　　　　　　　　　　　　　小孩　很難　靜止不動　。

　　　　for a child **to keep** still　．　　　　　　　◇"a child"是不定詞的主詞。◎P.101

　　B）　It　's better　　　　　　　　　　　　　　　　　最好　不要跟任何人提起這件事　。

　　　　not **to tell** anyone about this　．　　　　◇not to tell ◎P.104

　　　　　　s v　　　　o　c

4. A）I found　it　hard　　　　　　　　　　　　　　　我（發現⇨）覺得

　　　　to keep up with the other students　．　　要跟上其他學生很難　。

　　　　　　　　　　　　　　　　　　　　　　　　　◇find〔found〕O C ◎P.27

❶ 在虛主詞句型與虛受詞句型裡，除了可以在真主詞、真受詞的位置放入上述的不定詞片語
外，也可以放"that子句"等。◎P.180

5　（S・）V・O・不定詞

〈V・O・不定詞〉的2種句型

　　〈（S）　**V**　**O**　不定詞　〉是常見的不定詞句型之一，其中不定詞的形式因動詞
V　的種類可分成下列2種。◎P.97

	V	O	不定詞
Ａ　**V**　是　tell　等時，不定詞是一	tell	O人	to 原形
般形式　to原形	tell	him	to do	叫他做
	ask	him	to do	請他做

	V	O	原形
Ｂ　**V**　是　see　等【感官動詞】或	see / make	O	原形
make　等【使役動詞】時，不定	see	him	do	看他做
詞不會出現"to"的　原形不動詞　。	make	him	do	要他做

❶ 感官動詞＝「see：看」、「hear：聽」、「feel：感覺」等表示「知覺（感覺）」的動詞。
　使役動詞＝「make」、「let」等表示「（使…／讓…）～」的動詞。

tell O人 **to ～**：叫O人 ～ ●P.109 **A**

tell O **to ～** 句型中的 O 大多是「人」，所以可以記成〈tell 人 to〉的句型。
這種句型的動詞有很多，下面只是一些例子。

1.A)	**tell**	O人	**to ～**	叫O人 ～
B)	**ask**	O	**to ～**	請O ～
C)	**advise**	O	**to ～**	建議O ～
2.A)	**force**	O	**to ～**	強迫O ～
B)	**allow**	O	**to ～**	允許O ～
C)	**want**	O	**to ～**	〔主詞〕希望O ～
D)	**want**		**to ～**	〔主詞〕想 ～

	S	V	O人	不定詞	
1.A)	The coach	**told**	him	**to relax**	.
※	The coach	**told**	him	*not* **to be**	nervous.
B)	She	**asked**	Yoshida	**to overlook**	her mistake.
※	She	**asked**	Yoshida	*not* **to report**	it to the boss.
C)	The doctor	**advised**	her	**to give**	up smoking.
2.A)	The flu	**forced**	her	**to stay**	in bed for a week.
B)	His pride	*didn't* **allow**	him	**to ask**	you for a loan.
C)	What do you	**want**	me	**to do**	?
D)	What do you	**want**		**to do?**	

❶ 一般 O 與不定詞是 ──	主詞	動詞	── 的關係（O是
			不定詞意思上的主
1.A)	他	放鬆	詞）●P.100
2.A)	她	躺在	

1.A）教練叫他**放鬆**。

　　※教練叫他**不要緊張**。

　　　◇不定詞前的 "not" 否定了不定詞的部分。 ●P.104

　　　　tell O **not to～**：叫O人不要 ～

　B）她**請**吉田（**忽視她的錯** ⇨）放她一馬。

　　※她**請**吉田不要跟上司**報告**。

　C）醫生**建議**她戒菸。

2.A）流行性感冒**使**她得在床上**躺**一週。

　B）他的自尊**不容許**（他 ⇨）自己跟你借錢。

　　　◇否定述語動詞 "allow"。　◇ask 人 for ～：請人 ～。

C）你**希望**我做什麼？

◇〈do：做〉的受詞〈What：什麼〉出現於句首。

D）你想做什麼？

B (**see / make** | **O** | **原形**)：感官·使役動詞 ○P.109 **B**

1.A)	**see**	O		原形	看（見）O 原形
B)	**hear**	O		原形	聽（見）O 原形
C)	**feel**	O		原形	感覺 O 原形
2.A)	**make**	O		原形	使 O 原形*1
B)	**let**	O		原形	讓 O 原形*2
C)	**have**	O		原形	使 O 原形*3
D)	**help**	O		〔to〕原形	幫 O 原形*4

1.	They	**saw**	him.			他們看到他。
A) They		**saw**	him	**enter**	the pawnshop.	他們**看見**他進當鋪。
B) She		**heard**	the clock	**strike**	three.	她**聽見**時鐘**報時**3點。
C) He		**felt**	something	**crawl**	up his leg.	他**感覺**有東西爬上腳。
2. The movie	**made**	her	a star.			那部電影**使**她成了大明星。
A) The cop	**made**	her		**open**	the trunk.	警察**要**她打開後車廂。
B) Hanako	**let**	Taro		**copy**	her homework.	花子**讓**太郎抄作業。
C) I will	**have**	my son		**carry**	your bags.	我會叫我兒子幫你提袋子。
D) I	**helped**	him		〔**to**〕**wash**	the dishes.	我**幫**他**洗碗**了。
I	**helped**			〔**to**〕**wash**	the dishes.*5	我**幫忙洗碗**了。

❶一般 O 與不定詞是 ── | 主詞 | 動詞 | ──的關係（O 是不定詞意思上的主詞）○P.100
1.A) | 他 | 進入 |
2.A) | 她 | 打開 |

*1 強制（與 O 的意志無關）。　*2 許可。
*3 「強制」的程度比 "make" 低，也可表示其他的意思。 ○P.122
*4 也可加上 "to"。
*5 D）沒有 O 的形式。如果不加 "to"，"help" 後直接出現原形（wash）。

▶ 〈tell　O人　to ～〉句型的被動語態 —— to 不定詞 不變。 ○P.72、○P.110

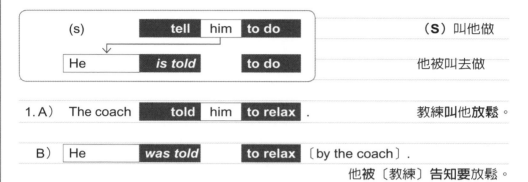

(s)	**tell**	him	**to do**	（**S**）叫他做
He	*is told*		**to do**	他被叫去做

1. A)　The coach　**told**　him　**to relax**　.　　教練叫他放鬆。

B)　He　*was told*　**to relax**　〔by the coach〕.
　　　　　　　　　　　　　他被〔教練〕告知要放鬆。

▶ 感官動詞與使役動詞的被動語態 —— 原形 加 "to" ○P.111
　感官·使役動詞 變成被動語態的話，必須在 原形 加 "to" ➡ 也就是一般的
　to 不定詞 。

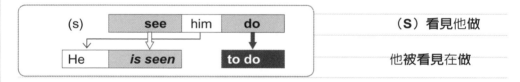

(s)	**see**	him	**do**	（**S**）看見他做
He	*is seen*		**to do**	他被看見在做

1. A)　They　**saw**　him　**enter**　the pawnshop.　他們看見他進當鋪。
B)　He　*was seen*　**to enter**　the pawnshop.　他被看見進當鋪。

6 不定詞的慣用句

① 「獨立不定詞」的慣用句

A) to tell the truth	說實話
B) to be frank 〔with you〕	老實說
C) to { begin / start } with	首先

A)　**To tell the truth,** I am not sure of　說實話，我對自己的能力不太有信心。
　　my ability.　　　　　　　　　　　　　be sure of

B)　**To be frank with you,** your son　老實說，你兒子沒有音樂天賦。
　　has no talent for music.

C)　**To begin with,** you are still too young.　首先，你〔們〕還太年輕。

② 〈動詞・to ～〉〈be・形容詞・to ～〉的形式

A）{ come / get }	to ～	將會 ～
B）fail	to ～	不 ～（不能 ～）
never fail	to ～	（永遠不會無法 ～〔雙重否定〕⇨）一定 ～
C）happen	to ～	碰巧 ～
D）{ seem / appear }	to ～	看起來 ～（好像 ～）
E）be likely	to ～	好像快 ～
F）be willing	to ～	願意 ～

A）You will soon **come** **to** understand. 你很快**將會**明白。

✕ You will soon *become* to understand.

B）He **failed** to keep his promise. 他**不守**承諾。

= He did not keep his promise.

◇ keep one's { promise / word } ：守承諾

She *never* **fails to** go to church every Sunday. 她週日**一定**上教堂。

C）We **happened to** ride on the same bus. 我們**碰巧**搭同一班公車。

D）Mr. Goldman **seems to** have a lot of money. Goldman先生**好像**很有錢。

E）It **is likely to** rain. **好像快**下雨了。

◇It ○P.180

take on

F）I **am willing to** take on the job. 我**願意**接受這個工作。

③ **be to** 原形

be to ～	A）**預計**：預計 ～ / 即將 ～
	B）**義務**：應該 ～ / 必須 ～
	C）**可能**：會 ～

A）The president **is to** visit Japan 總統**即將**在4月上旬拜訪日本。

in early April.

B）You **are to** finish your homework first. 你**必須**先做完功課。

black box

C）The black box **was** not **to** be found. 找不到〔失事飛機的〕黑盒子。

④ **too ... to ～**

too … to ～ so … that s cannot ～	太 … 以致於不能 ～（太 … ～）

A）The book is difficult to understand（× it）.
B）The book is **too** difficult **to** understand（× it）.
C）The book is **too** difficult *for* me **to** understand.
= D）The book is **so** difficult **that** I cannot understand it .

A）這本書很難懂〔×這個〕。 ◇difficult to understand ❍P.99 **C**
B）這本書（太難，以致於不懂〔×這個〕 ⇨）太難，所以不懂。
C）對我來說，這本書太難，所以我不懂。
　　◇ 把不定詞的主詞 "for me" 放在 "to ～" 前──插在〈too to〉之間。 ❍P.101 **B**
　　◇ D）的連接詞 "that" 之後是一個完整句子，所以必須有受詞 "it"。

⑤ **so as to ～/ in order to ～**

so as to ～ in order to ～	【目的】為了 ～；以 ～ = so that S { can / will 等等 } ❍P.190

A）He is studying hard to pass the test. 　他為了通過考試正努力念書。
= B）He is studying hard **so as** **to** pass the test.
= C）He is studying hard **so that** he **can** pass the test. 　他正努力念書以通過考試。

A）◇單純的不定詞的副詞用法（目的）。❍P.99 **C**
B）◇雖然A）的單純的不定詞還有「目的」以外的意思，但加上 "so as to（in order to）" 就能明確表示出「目的」之意。

⑥ **so...as to ～**

so … as to ～	【程度】… 到 ～ /【結果】因為非常 … 所以 ～

雖然形式很像⑤【目的】的 "so as to"，但請注意意思上的不同。

A）She was **so** kind **as** **to** help me. 　她非常親切（親切到幫我 ⇨）地幫我。
= B）She was kind **enough to** help me . 　❍ ⑦

Chapter-1　不定詞

不定詞的慣用句

1
英文文法ＡＢＣ

2
動詞

3
動狀詞

4
理解句型

5
品詞的應用

⑦ enough to ～

…	enough to ～	（ 夠了 ⇨ ）可以 ～	…

enough to 之後的內容都是修飾詞，用來修飾 enough to <u>前面的那個字</u>*，表示「夠～可以～」的意思。 ＊形容詞或副詞

A）You　　are old **enough**　　　　　to **stand** on your own feet .

B）This bike is　light **enough** *for* a child to **lift**　with one hand　.

＝C）This bike is **so** light **that**　　a child **can lift** it with on hand.

A）你（**夠大可以獨**立了 ⇨）已經是可以獨立的年紀了。

　　◇old enough to ～：（已經是可以 ～ 的年紀 ⇨）可以～的年紀

B）這腳踏車輕**到**讓小孩**可以**單手舉起。

　　◇把不定詞的主詞 "for a child" 放在 "to～" 前──插在 **enough to** 之間。 ●P.101 **B**

＝C）因為這腳踏車非常輕，（連）小孩都能單手舉起。

　　◇ "that"（連接詞）之後是一個完整的句子，所以必須有受詞 "it"。

⑧ have something to do with ～

have	something	to do with ～	與 ～	有關
	nothing			〔完全〕無關

A）She may **have something to do with** the affair.

B）Blood type **has nothing to do with** character.

A）她可能與那件事**有關**。　◇may ●P.85

B）血型與個性完全**無關**。

Chapter 2 分詞

分詞可分成「現在分詞」與「過去分詞」。兩者的基本差異在於現在分詞表示「主動的意思」，而過去分詞表示「被動的意思」。

1 2種分詞

現在分詞：～ ing	原形動詞加 "ing" ，與動名詞的形式相同。
過去分詞：pp	動詞3種基本形式之一，簡稱為 "pp" 。

以規則動詞 "clean" 與不規則動詞 "run" 、 "steal" 為例，將它們的現在分詞與過去分詞分別列於右表。

「現在分詞」的「現在」與 "過去・現在・未來" 的 "現在" 無關；同樣地，「過去分詞」的「過去」也與 "過去" 無關。

動詞3種基本形式（變化）◐P.47

原形	過去式	過去分詞	現在分詞
clean	cleaned	cleaned	cleaning
run	ran	run	running
steal	stole	stolen	stealing

▶ 2種分詞的用法

現在分詞 與①進行式有關； 過去分詞 與②被動語態、③完成式有關。

① be + ～ing ＝進行式　　He _is_ cleaning … .
他正在打掃。◐P.59

② be + pp ＝被動語態　　The room _is_ cleaned … .
房間被打掃。◐P.72

③ have + pp ＝現在完成式　　He _has_ cleaned … .
他已經打掃了。◐P.62

本章將介紹上述以外的用法，且它們大多不與 "be" 、 "have" 一同出現，其代表的意思如下（過去分詞主要的意思如上述 ②，而 ③ 的意思非常少見）。

現在分詞：～ ing	【主動的意思】正在～／做～　等等。
過去分詞：pp	【被動的意思】被～了／被～　等等。

Chapter-2　分詞

2種分詞 / 分詞的形容詞用法

1
英文文法ＡＢＣ

2
動詞

3
動狀詞

4
理解句型

5
品詞的應用

2 分詞的形容詞用法

A 修飾名詞的分詞

現在分詞與過去分詞在修飾名詞時，一般來說，如果只有（單獨）1個字的話，就放在名詞前面修飾；如果伴隨其他字句、成了2個字以上的詞彙時，就放在名詞後面修飾（中文大多放在前面修飾）。 ●P.19的MEMO

這種情況──

```
┌──────────┐        ┌──────────┐
│ 1個字  名詞 │        │ 名詞  2個字以上 │
│  └──┘↑    │        │   ↑└─────┘   │
└──────────┘        └──────────┘
```

> 1 現在分詞 表示「正在～ / 做～ / 等等」主動的意思。
>   boiling water　沸騰的水。
>
> 2 過去分詞 表示「被～了 / 被～ / 等等」被動的意思。
>   a boiled egg　一顆（被水煮的蛋⇨）水煮蛋。

---

1. A)　　　　　　A　　　　horse is **running**.

   B) He can jump off a running horse.

   C) We belong to the working class.

   D)　　　　　A horse is **running** at full speed.

   E) He can jump off a horse running at full speed.

   F) The road **connects** the two villages.

   G) The road **connecting** the two villages is very narrow.

   A) 〔1匹〕馬正在奔跑。

   B) 他可以從 奔馳的 馬背上下馬。

   C) 我們屬於 勞動 階層。

   D) 馬正在全速奔馳。

   E) 他可以從 全速 奔馳的 馬背上下馬。

   F) 那條道路連結2個村莊。

   G) 那條 連結 2個村莊的 道路非常狹窄。

2. A) The picture **was stolen**.

B) This is the **stolen** picture.

C) The meeting took place behind **closed** doors.

D) The painting **was stolen** from the Louvre.

E) This is the picture **stolen** from the Louvre.

F) You can't eat fish **caught** in this pond.

A) 那幅畫**被偷了**。

B) 這是那幅 被偷的 畫。

C) 當時會議（在 關著 門的背後舉行⇨）以不公開的方式進行。

　　◇take place：發生／舉行

D) 那幅畫**被盜**自羅浮宮。

E) 這是那幅 被盜 自羅浮宮 的畫。

F) 你不能吃 在這池子裡 捕的 魚。

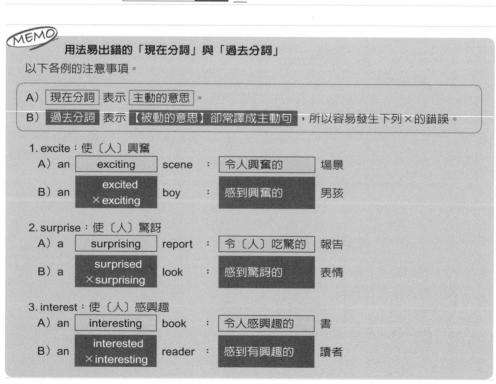

MEMO

用法易出錯的「現在分詞」與「過去分詞」

以下各例的注意事項。

A) 現在分詞 表示 主動的意思 。

B) 過去分詞 表示【被動的意思】卻常譯成主動句 ，所以容易發生下列×的錯誤。

1. excite：使〔人〕興奮

A) an exciting scene ： 令人興奮的 場景

B) an excited ×exciting boy ： 感到興奮的 男孩

2. surprise：使〔人〕驚訝

A) a surprising report ： 令〔人〕吃驚的 報告

B) a surprised ×surprising look ： 感到驚訝的 表情

3. interest：使〔人〕感興趣

A) an interesting book ： 令人感興趣的 書

B) an interested ×interesting reader ： 感到有興趣的 讀者

B （S‧）V‧分詞（分詞的敘述用法）

〈V‧分詞〉句型分成〈V‧～ing〉與〈V‧pp〉。
　　　　　　　　　現在分詞　　　　過去分詞

1 把 V ～ing 句型當成 be ～ing （進行式）的應用，以方便理解。◎P.59

2 把 V pp 句型當成 be pp （被動語態）的應用，以方便理解。◎P.72

1. A) She **was playing** with the kids. 她 當時 正在 和小孩 玩 。

   B) She **sat playing** with the kids. 她 當時 坐著 和小孩 玩 。◎2.B)

   C) The dog **was barking** at him. 狗 當時 正 對著他 吠 。

   D) The dog **kept barking** at him. 狗 一直 對著他 吠 。

   ◇ keep ～ing ： 一直 ～

   E) They **were swimming** in the river. 他們 當時 正在 河裡 游泳 。

   F) They **went swimming** in the river. 他們 去 河裡 游泳 。

   go fishing / skiing / shopping 去 釣魚 / 滑雪 / 逛街

2. A) She **was surrounded** by the kids. 她 被 小孩 包圍 。

   B) She **sat surrounded** by the kids. 她 坐著 被 小孩 包圍 。◎1.B)

   C) He **is** not **satisfied** 他（不 滿意 自己的工作⇨）
   with his job. 對自己的工作不滿意。

   ◇is satisfied with ◎P.80 B

   D) He doesn't **seem satisfied** 他 好像 （不 滿意 自己的工
   with his job. 作 ⇨）對自己的工作不滿意。

   ◇seem〔to be〕satisfied："seem" 之後
   的 "to be" 常被省略。◎P.106

C （S・）V・O・分詞（分詞的敘述用法）

▶〈V・O・不定詞／分詞〉的4種句型

P.109的〈V・O・不定詞〉句型可分為下列的 I 與 II。而這裡將介紹的〈V・O・分詞〉句型則可分成 III **V O ～ing**（現在分詞）與 IV **V O pp**（過去分詞）2種。因此共有4種〈V・O・不定詞或分詞〉的句型。

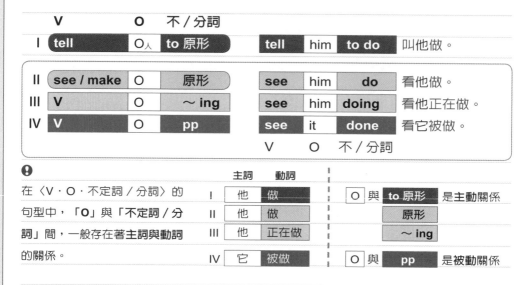

在〈V・O・不定詞／分詞〉的句型中，「O」與「不定詞／分詞」間，一般存在著主詞與動詞的關係。

▶〈V・O・不定詞／分詞〉的3種句型

如上框內所示，句型III、IV所使用的動詞，也能在II使用，可以互相比較其中的差異。下頁起，將就II～IV這三種句型，把它們使用的動詞分類如下，思考各類各句型的意思以及彼此的關係。

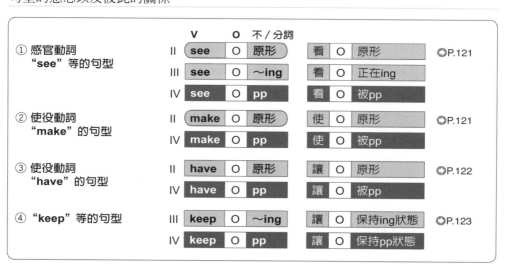

① 「see：看」、「hear：聽」等**感官動詞**可以造出前頁 II ～ IV 的句型。

II	see（等）	O		原形		看（等）	O	原形
III	see（等）	O		～ing		看（等）	O	正在ing
IV	see（等）	O		pp		看（等）	O	被pp

1. II. We | saw | a cat | attack | a dog .　　我們**看到**一隻貓**攻擊**一隻狗。

   III. We | saw | a cat | attacking | a dog .　　我們**看到**一隻貓**正在攻擊**一隻狗。

   IV. We | saw | a dog | attacked | by a cat .　　我們**看到**一隻狗**被**一隻貓**攻擊**。

2. II. I | heard | someone | call | my name.　　我**聽見**有人**叫**我的名字。

   III. I | heard | someone | calling | my name.　　我**聽見**有人**正在叫**我的名字。

   IV. I | heard | my name | called | .　　我**聽見**我的名字**被叫**。

② 使役動詞 "make" 可造出前頁 II 與 IV 的句型。

II	make	O		原形		使	O	原形
IV	make	O		pp		使	O	pp

II. She | made | us | learn | it by heart.　　當時她要我們**牢牢記住**。

IV. I can't | make | myself | understood | in English.　　我不能用英文**表達**自己的**想法**。

◇ make myself understood：（讓自己被理解⇨）表達自己的想法。

121

③ "have" 可造出P.120的 II 與 IV 句型，這兩個句型都**各有3種意思**（由整句前後脈絡判斷出是哪一種意思）。句型 II 的 O 大多是「人」；IV 的 O 大多是「物」。

II	have	O人	原形	A）要（命令、要求）	O人	原形
				B）讓（拜託）		
				C）讓〔較少見〕		

主動關係

IV	have	O物	pp	A）要	O物	pp
				B）讓		
				C）讓		

被動關係

A）命令人去做

B）拜託人去做

C）主詞被迫去做不想做的事

II . A）The queen	had	him	make	a crown.	皇后要他做一頂皇冠。
					◇強調「他」。
B）We should	have	the vet	examine	Pochi.	我們應該讓獸醫看一下Pochi。

IV . A）The queen	had	a crown	made	by him.	皇后要他做一頂皇冠。
					◇強調「皇冠」。
B）We should	have	Pochi	examined	by the vet.	我們應該讓Pochi給獸醫看一下。
C）Pochi	had	his tail	caught	in the door.	Pochi的尾巴被門夾到。

上述有2個重點：

1. have O 原形 與 have O pp 的意思是「**要／讓／使**」其中之一。

2. O 與 原形 是**主動**的關係； O 與 pp 是**被動**的關係。

④ "keep" 可造出P.120的 III 與 IV 句型（其他如 "leave" 等相同）。

| III | **keep** | O | | ～ing | | 讓 | O | 保持ing狀態 |
| IV | **keep** | O | | pp | | 讓 | O | 保持pp狀態 |

| III. She | **kept** | me | | **waiting** | for an hour. |

她讓我（保持等待的狀態⇨）等了1小時。

| IV. | | **keep** | the gate | **closed** | . |

讓門（保持被關著的狀態⇨）關著。

3 分詞句型

A 「分詞句型」

下列1.的A）～C）對應至2.的A）～C），意思幾乎相同。

	副詞子句 ◎P.44				主要子句
	連接詞	主詞	動詞		主詞
1. A)	**When**	she	**heard**	the news,	she **turned** white with shock.
B)	**As**	he	**felt**	tired,	he **went** to bed earlier than usual.
C)	**If**	you	**take**	a bus,	you **will** get there in 30 minutes.

		現在分詞			主詞
2. A)		**Hearing**	the news,	she **turned** white with shock.
B)		**Feeling**	tired,	he **went** to bed earlier then usual.
C)		**Taking**	a bus,	you **will** get there in 30 minutes.
D)		**Reading**	a magazine,	Hill **waited** his turn.

分詞句型 　　　　　　主要子句（主句）

A）當 她 聽到 消息 時，驚訝地臉色發白。
B）因為覺得 疲累，他比平常早上床休息。
C）如果 你 搭 公車，30分鐘會到那邊。
D）Hill 邊看 雜誌，邊等叫號。

2.的A）～C）省略了1.A）～C）中的連接詞與主詞，並把動詞變成現在分詞（～ing）的形式，兩者的意思幾乎相同。也就是說，2.的 現在分詞 非但表示出1.的「動詞」的意思，同時也表示出「連接詞」的意思（2.A）的 "Hearing" 同時表現出1.A）的「heard：聽到」與「when：～時」的意思）。當分詞兼具「動詞」與「連接詞」角色時，就稱這種句型為「分詞句型」。

D）也是分詞句型的例子，不過與A）～C）有些不同。A）～C）的分詞句型都可以替換成1.的副詞子句，但卻沒有副詞子句可以表現D）的意思，所以無法替換（分詞表示「動詞」與「連接詞」兩者的意思 ── "Reading" 表示「讀」與「一邊～」 ── 這點與其他分詞句型相同）。

分詞句型一般省略了連接詞與主詞，因為就算少了它們，還是可以根據**與主要子句的關係**了解意思。譬如2.A）的 "Hearing the news" 連結主要子句「她驚訝地臉色發白」，因此得知「〔她〕**聽到消息時**（一聽到就～）」。

另外，**分詞句型**可能出現在主要子句的「前」、「中」、「後」（本書由於圖解上的編排，因此大多出現在「前」）。

▶ **分詞句型的意思**

分詞句型表示下列的意思（＝前頁A）～D））：

	分詞句型表示的意思	替換成副詞子句時所使用的連接詞
A)	時間　　　：「～時（正在～時／～後）／等等）」	**when**（**while** / after / etc.）　◯P.188
B)	理由　　　：「因為～」	**as / because / since**　◯P.190
C)	條件　　　：「如果～」	**if**　◯P.180
D)	附帶狀況：「**一邊～**（然後～）/等等」	

B 副詞子句替換成分詞句型：原則與其應用

將副詞子句（一般的句子）變成分詞句型時，原則上，依下列步驟進行。 ○P.123

例1.→ 2.

| 副詞子句 | 連接詞 | 主詞 | 動詞 | ① 省略連接詞與主詞。 |
| 分詞句型 | 省略 | 省略 | ～ing | ② 將動詞變成 現在分詞（原形ing）。 |

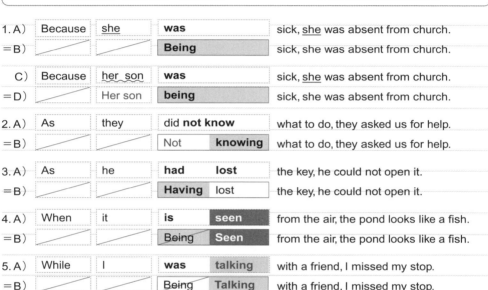

1.A)	Because	she	**was**	sick, <u>she</u> was absent from church.
=B)			**Being**	sick, she was absent from church.
C)	Because	her son	**was**	sick, <u>she</u> was absent from church.
=D)		Her son	**being**	sick, she was absent from church.
2.A)	As	they	did **not know**	what to do, they asked us for help.
=B)			Not **knowing**	what to do, they asked us for help.
3.A)	As	he	**had lost**	the key, he could not open it.
=B)			**Having** lost	the key, he could not open it.
4.A)	When	it	**is seen**	from the air, the pond looks like a fish.
=B)			**Being Seen**	from the air, the pond looks like a fish.
5.A)	While	I	**was talking**	with a friend, I missed my stop.
=B)			**Being Talking**	with a friend, I missed my stop.

1.A) 因為她**生病了**，所以（她）沒上教堂。　　C) 因為她兒子**生病了**，所以她沒上教堂。
2.　因為他們**不知道要做什麼**，所以尋求我們的幫忙。
3.　因為他**弄丟了鑰匙**，所以沒辦法打開。　　◇had lost ○P.64
4.　從空中**俯瞰**時，池塘好像一條魚。
5.　當我正和朋友**聊天時**，我（錯過下車站牌⇨）坐過站。

❶ 1. A) 副詞子句的主詞與主要子句的主詞相同時——
　　　　 省略了也能理解，所以原則上都省略，請參考B）。

　　C) 副詞子句的主詞與主要子句的主詞不同時——
　　　　 省略了就無法理解〔變成A）的意思〕，所以主詞得留在分詞前，這種句子叫做「**獨立分詞句型**」，
　　　　 請參考D）。

2. B）是 "not" 放在分詞前的否定分詞句型，不需要助動詞 "did"（本身沒有意思）。

3. 把A）的助動詞 "had" 變成B）的 "Having" ——過去分詞（lost）不變。

　　B）的「完成式」分詞句型 Having pp 表示比主要子句更早的時間。

4. B）的「被動語態」分詞句型以 過去分詞 起頭——副詞子句的動詞是被動語態〈be＋ 過去分詞 〉
　　 時，因為已經有了 分詞 ，一般就用這個分詞造分詞句型（不只省略主詞與動詞，就連 "Being" 也
　　 省略／過去分詞單獨表示被動的意思 ○P.116）。

5. B）的「進行式」分詞句型——原本的句子A）是進行式〈be＋ ～ing 〉時，與4. A）同樣都已有了
　　 分詞 ，所以就用那個分詞造分詞句型。

C 附帶狀況： 一邊附帶狀況 ，一邊～（等等）

1. Reading a magazine , Hill waited his turn.   Hill 一邊 看 雜誌 ， 一邊 等
     分詞句型：附帶狀況   主要子句（主句）   叫號。

     這句分詞句型說明Hill在 怎樣的狀態 下「等叫號」，是附帶說明主要子句在
怎樣的狀況 ，因此稱之為「附帶狀況」（主要子句內容伴隨的「附帶」狀況）。
分詞句型當中有許多這種用法。

2. Pointing a gun at me ,   男孩 一邊 拿槍 指著 我

   the boy ordered me to give him my money.   ， 一邊 要我給他錢。
                                         ◇order 人 to：命令人 ～。

3. I stole into his room, walking on tiptoe .   我 一邊 踮著腳 走路 ，
                                     一邊 潛入他的房間。
                                         steal into

▶ 附帶狀況的 "with"

     「附帶狀況」除了用分詞句型之外，也可以用介系詞 **"with"** 來表現。就是
用〈with O ～〉的形式表示〈O ～ 的狀態〉的意思，～的位置可以放入 1.
現在分詞   2. 過去分詞 ；還可以放3. 形容詞   4. 介系詞片語 等。

	with	O	～	
1. Pochi sat there	*with*	his mouth	watering	.
2. You can do it	*with*	your eyes	closed	.
3. Are you going to sleep	*with*	the windows	open	?
4. Mom ran after the thief	*with*	a frying pan	in her hand	.

		O	～的	狀態
	1.	嘴巴	流口水的	狀態
	2.	眼睛	閉著的	狀態
	3.	窗戶	打開的	狀態
	4.	平底鍋	在手裡的	狀態

1. Pochi坐在那邊**流口水**。

2. 〔那很簡單，〕你可以**閉著眼睛**做。

3. 你要**開著窗**睡覺？ ◇be going to ❍P.57

4. 媽媽**手拿平底鍋**追小偷。

4 分詞的慣用句

1	judging from 〜	從 〜 判斷	5	spend時間 〜 ing	花時間 〜
2	speaking of 〜	說到 〜	6	have trouble* 〔in〕〜	對 〜 有困難
3	generally speaking	一般而言	7	There is S 〜 ing	S正在 〜 ing
4	be busy 〜 ing	忙於 〜		There is S pp	S被pp

＊或作 "difficulty" ◇pp＝過去分詞

1. **Judging from** his accent, he is French.

2. **Speaking of** Barry, I hear his father is running for mayor.

3. **Generally speaking,** women live longer than men.

4. The students **are busy studying** for their finals.

5. We **spend** a third of our lives **sleeping**.

6. I had trouble **finding** their house.

7. A）**There is** somebody **knocking** at the door.

  ＝ Somebody is **knocking** at the door.

 B）**There were** some sandwiches **left** in the fridge.

  ＝ Some sandwiches **were left** in the fridge.

accent
1. 從他的口音**判斷**，他是法國人。

2. 說到Barry，聽說他爸爸在競選市長。

3. 一般而言，女性（活的比男性久 ⇨）比男性長壽。 ◇longer than ❍P.138

4. 學生正**忙於**準備期末考。

5. 我們花三分之一的（**時間** ⇨）人生睡覺。

6. 當時我**對**找他們的房子感到**困難**。

7. A）有人正在敲門。

 B）有幾個三明治（**被留** ⇨）在冰箱裡。

Chapter 3 動名詞

動名詞是〈原形動詞＋ing〉的形式，表示「～的事情」之意。它與同樣形式的現在分詞（～ing）、不定詞的名詞用法（～的事情）有什麼不同呢？

1 動名詞的用法──與不定詞／現在分詞比較

A 動名詞：～的事情 與 不定詞的名詞用法：～的事情

動名詞 與 不定詞的名詞用法 相同，都可以當1. 主詞S・補語C；2. 動詞的受詞。另外，動名詞還可以當3. 介系詞的受詞O。不過，不定詞卻不能當4. 介系詞的受詞。由此可知，動名詞的名詞性質較不定詞強。

1. Teaching is learning .
   S　　　 V　 C

（ 教就是學 ⇨）教學相長。
= To teach is to learn .

2. He likes drinking sake cold .
   S　 V　　 C

他喜歡 喝 冷的日本酒。
= He likes to drink sake cold .

3. Wash your hands after using the bathroom .
   　　　　　　　　　 介　　 O

去廁所之後要洗手。

4. Wash your hands after to use the bathroom .

B 動名詞：～ing 與 現在分詞：～ing

　　　　　　　　　S　　　 V　　 C（名詞片語）
1. Her hobby is walking on the beach .

她的嗜好是 在海邊 散步 。
◇ walking（散步）＝動名詞。

　　　　　S　　　 V＝進行式
2. A woman is walking on the beach.

一個女人 正在 海邊 散步 。
◇ walking＝現在分詞，與 "be" 一起出現的進行式。 ●P.59

　　　　　　　　 修飾詞（形容詞片語）
3. Who is that woman walking on the beach ?
   　　　　　　　 名詞　　 現在分詞

那個 正在 海邊 散步 的女人是誰？
◇ walking＝形容詞用法的現在分詞。 ●P.117

4. a sleeping car　　　　swimming *trunks*.　（ 為了睡覺的 車廂 ⇨）臥鋪
　　動名詞　　名詞　　　　　　　　　　　　　（ 為了游泳的 短褲 ⇨）游泳褲

5. a sleeping baby　　　a swimming *hippo*.　 正在睡的 嬰兒
　　現在分詞　　名詞　　　　　　　　　　　　 正在游泳的 河馬

❹ 4. 動名詞擔任修飾名詞的形容詞角色（形容詞的用法），用以說明名詞的「使用目的」等。
　　名詞與動名詞之間並沒有主詞與動詞的關係。

　　　　× 車廂（S） 正在睡覺（V） ？！　 × 短褲（S） 正在游泳（V） ？！

　5. 與3.相同，屬形容詞用法，用以說明名詞「正在做什麼」的現在分詞，因此名詞與現在分詞
　　在意思上屬於主詞與動詞的關係。

　　　　嬰兒（S） 正在睡覺（V）　　　　河馬（S） 正在游泳（V）

2 動名詞的主詞

🔷 何謂「動名詞的主詞」？

　　　S　　V　　　O
　　Taro hates studying .　　太郎討厭念書。

　〈**Taro** hates：S＋V〉明示出述語動詞"hates"的主詞是"**Taro**"，但並未明示
出動名詞 studying 的主詞，不過可以**從整句的意思判斷**「念書」的是「太郎」。
所以在意思上，"**Taro**"是 studying 的主詞。因此"**Taro**"就是「**動名詞的〔意
思上的〕主詞**」。

Ａ 未明示動名詞的主詞時

　　如上所述，動名詞的主詞大多未明示，下列也有同樣的例子。

1. **Their** way of **thinking** is behind the times.　他們的**想法**（在時代之後 ⇨）落伍。

2. Thank _you_ for **inviting** me.　　　　　　　　謝謝你〔們〕**邀請**我。

3. **Raising** kids is difficult.　　　　　　　　　raise
　　　　　　　　　　　　　　　　　　　　　　　養育小孩很難。

	動名詞	動名詞的主詞	
1	**thinking**	their	◇「想」的是「他們」。
2	**inviting**	you	◇「邀請」的、被「道謝」的是「你〔們〕」。
3	**Raising**	一般人	◇覺得「養育小孩〔很難〕」的是非特定的一般人（句中未明示）。

B 明示動名詞的主詞時

下列表示有必要明示動名詞的主詞。

> 動名詞的主詞是
>
> 代名詞 時：把所有格（或受格）置於 動名詞 前。
>
> 名　詞 時：把原本的形式＝受格* 置於 動名詞 前。　　＊或是所有格

1.　She is sure of ⬚⬚⬚⬚ **winning** .

2. A）She is sure of （**his** (him) / **our**(us)） **winning** .

　B）She is sure of （**Maria / her son**） **winning** .

　　　　　　be sure of
1.　　她　相信　　〔她自己〕　　　會贏　。

　2. A）她　相信　（他 / 我們）　　　會贏　。

　　B）她　相信　（Maria / 她兒子）　會贏　。

3. A）He insists on ⬚⬚⬚⬚ **paying** the bill.

　B）He insists on （my (me)） **paying** the bill.

4.　They didn't like （their daughter） **going** out with Gus.

　　　　insist on
3. A）他 堅持 〔自己〕 買單。

　B）他 堅持 要我 買單。
　　　　　　　　　　　　　　go out
4.　他們不喜歡女兒跟Gus（出去 ⇨）交往。

They didn't like thier daughter

going out with Gus.

3 動名詞的各種形式

A 動名詞的否定與被動語態

動名詞 的否定	not	～ing
被動語態：被～	be	pp
動名詞 的被動語態：被～的事情	being	pp

◇ 動名詞 前放 "not"。

◇ pp＝過去分詞 ◎P.72

1. A）I regret **buying** the stocks. 　　我後悔買股票。

　 B）I regret not **buying** the stocks. 　　我後悔沒買股票。

　　　　　　　　　　　　　　　　　　◇regret ～ing：後悔 ～。

2. A）Pete **was** **fired**. 　　Pete被裁員。

　 B）Everyone is afraid of **being** **fired**. 　　大家都怕被裁員。
　　　　　　　　　　　　　be afraid of

　 C）I hate **being** **used** as a tool. 　　我痛恨（被當成工具⇨）
　　　　　　　　　　　　　tool　　　　　　　　被利用。

B 動名詞的完成式

〔現在〕完成式	have pp
動名詞的完成式	having pp

◎P.62

◇ pp＝過去分詞

　下列將動名詞的**一般形式**（～ing）叫做「**簡單式動名詞**」；將動名詞的**完成式**（having pp）叫做「**完成式動名詞**」。邏輯與「**完成式不定詞**」相同。 ◎P.104

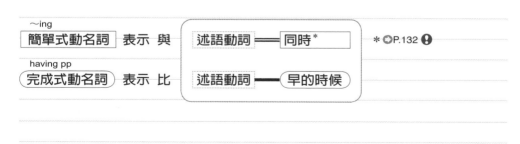

	S	V		動名詞		

1. A）He **is** proud of 　　　　　**being** a teacher.　　他對**身為**老師感到驕

＝B）He is　proud that he　　　is　　a teacher.　　傲。

2. A）He **is** proud of **having been** a teacher　他對年輕時**曾是老師**

　　in his youth.　　　　　　　　　　　　　　　感到驕傲。

　B）He is　proud that he　　**was**　a teacher

　　in his youth.

3. A）He **was** proud of 　　　　**being** a teacher.　他**當時**對**身為**老師感

　　　　　　　　　　　　　　　　　　　　　　　　　到驕傲。

＝B）He **was** proud that he　　**was**　a teacher.

4. A）He **was** proud of **having been** a teacher.　他**當時**對之前曾是老

＝B）He **was** proud that he **had**　**been** a teacher.　師感到驕傲。

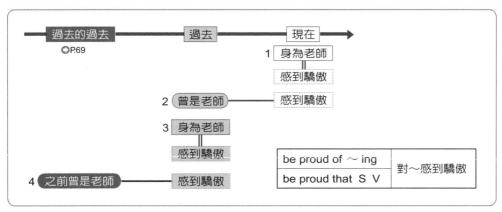

❶ 簡單式動名詞 也可表示比 述語動詞 「晚的時候（未來）」。

5. A）I **am** sure of 　returning　 alive.　　我相信會平安歸來。

＝B）I am　sure that I will　return　alive.　　◇ 現在相信 將來會回來的事情

4 把「不定詞‧動名詞」當受詞的動詞

　　把「不定詞‧動名詞」當受詞的動詞，也就是後接「不定詞‧動名詞」的動詞 V，將其分類如下：

A	V	to～	後接 不定詞 的動詞	hope　to do 希望～ hope　✕　doing
B	V	～ing	後接 動名詞 的動詞	enjoy ✕ to do 開心於～ enjoy　doing
C	V	to～＝ ～ing	後接 不定詞 或 動名詞 的動詞──兩者意思幾乎相同	like　to do 喜歡～ ＝ like　doing
D	V	to～ / ～ing	後接 不定詞 或 動名詞 的動詞──兩者意思不同	forget　to do 忘記去做～ forget　doing 忘記做了～

A	1	care / hope wish / want	to～	（希望～ ⇨） 想～	◯P.98
	2	decide	to～	決定～	
	3	manage	to～	設法～	
	4	mean	to～	有意～	◯P.98

1. **I wish to** be alone for a while.　　我想要一個人靜一下。
for a while

2. She **decided to** audition for the part.　　她決定參加那個角色的試鏡。

3. **I managed to** find a part-time job.　　我設法找到了打工。

4. I didn't **mean to** hurt your feelings.　　我不是有意要傷害你。

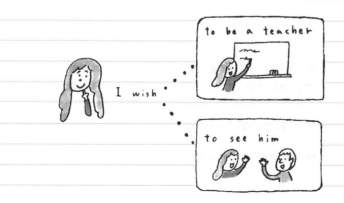

B	5	enjoy	～ing	開心於～	
	6	postpone / put off	～ing	把～延期	
	7	stop / give up	～ing	停止～　◇stop to～：停下來做～	◎P.98
	8	Would you <u>mind</u>	～ing?	〔慣用〕（你介意～嗎？～）可否請你～？	

5. We **enjoyed** talk**ing** with you. 　　　　我們**很開心**跟你**聊天**。

6. Why did they **put off** sign**ing**　　　　為什麼他們把簽約的事**延期**了？
　　the contract?

7. A）She **gave up** smok**ing**.　　　　　她**戒菸**了。

＝B）She **stopped** smok**ing**.　　　　　◇B）表示「一時／短暫停止」的意思。
　　　　　　　　　　　　　　　　　　　　　他停下來抽菸。
　　C）He **stopped to** smoke.

8. A）**Would you mind** open**ing**　　　　（你**介意打開**窗簾嗎？⇨）**可否請你**
　　the blinds?　　　　　　　　　　　　**打開窗簾**？

　　　　　　— *No, not* at all.　　　　　（不，一點也不介意⇨）**好啊**。

　　　　　　　　　　　　　　　　　　◇not at all：〔強烈否定〕完全不～。

　　B）**Would you mind** my open**ing**　　（你**介意我打開**窗簾嗎？⇨）**我可以**
　　the blinds?　　　　　　　　　　　　**打開窗簾**嗎？　◇my（或me）◎P.130

　　　　　　— Of course *not*.　　　　　（當然不介意⇨）**請打開**。

❶ 因為 "mind" 是「**介意**」的意思，所以原則上用否定句來回答「好啊」。

C	9	begin / start	{ to ～ = ～ ing }	開始 ～	◎P.98
	10	continue	{ to ～ = ～ ing }	繼續 ～	
	11	hate	{ to ～ = ～ ing }	討厭 ～	◎P.129
	12	like	{ to ～ = ～ ing }	喜歡 ～	◎P.128
	13	love	{ to ～ = ～ ing }	最愛 ～	

9. The snow **began** { **to** melt / melt**ing** }.　　（雪**開始**融了⇨）**開始**融雪了。

10. Prices **continued** { **to** fall / fall**ing** }.　　物價**繼續**跌。

11. I **hate** { **to** wear / wear**ing** } a uniform.　　我**討厭穿**制服。

12. She **likes** { **to** do / do**ing** } things for others.　她**喜歡**（幫別人做事⇨）照顧別人。

13. My grandpa **loves** { **to** talk / talk**ing** } about　我爺爺**最愛**聊過去的事。
　　the old days.

D	14	forget	**to ~**	忘記去做 ~	◇不定詞代表「〔接下來〕要做~」。
			~ ing	忘記做了 ~	
		remember	**to ~**	記得去做 ~	◇動名詞代表「〔已經〕做~了」。
			~ ing	記得做了 ~	● 請參下方 ❶

| | 15 | be sure | **to ~** | 〔說話者相信〕一定會 ~ |
| | | | **of ~ ing** | 〔主詞〕相信一定會 ~ |

14. A）Don't **forget** **to** get a receipt. 　　不要忘記拿收據。

＝B）　　　**Remember to** get a receipt. 　　記得要拿收據。

　C）I'll never **forget** meet**ing** him 　　我永遠不會忘記第一次見

　　　　　　　　 for the first time. 　　到他的事情。

　D）　　 I **remember** meet**ing** him 　　我記得曾在哪裡見過他。

　　　　　　　　 somewhere before.

15. A）He **is sure** **to** succeed. 　　〔我相信〕他一定會贏。

＝B）I am sure　　that he will succeed.

　C）He **is sure of**　　　　succeed**ing**. 　　他相信〔自己〕一定會贏。

＝D）He is sure　　that he will succeed.

❶ 14.C）D）的簡單式動名詞（meeting）取代了完成式動名詞（having met）

　[●P.131] ── 因為相遇很明顯發生在過去，所以不需要特別用 "having met"。

He is sure to succeed.

5 動名詞的慣用句

1	on ～ing	一～，就～〔＝as soon as ～ ○P.188〕
2	in ～ing	當～時〔＝when ～〕
3	worth ～ing	值得～
4	never A without B ing	（從不曾不做B只做A⇨）做A就有B
5	feel like ～ing	感覺想做～（想做～）
6	look forward to ～ing	期盼～
7	{ prevent / keep } A from B ing	A阻止做B（A導致不能做B）

◇ be used to ～ing ○P.94　◇{ How / What } about ～ ing ○P.183

1. **On** see**ing** his mother, the boy 　　男孩**一看到**媽媽**就**不哭了。
   As soon as he saw 　　　　stopped crying.

2. You must be careful **in** **using** this drug. **當**你使用這個藥物**時**，你必
   　　　　　　　　　　when you **use**　　　　　　　　須小心。

3. This book is **worth** read**ing**. 　　　　　這本書值得讀。

4. My mother **never** opens her mouth 　　　我媽媽（從不曾不說 "去念
   without say**ing**,"Study!" 　　　　　　書！" 而開口⇨）**一開口就
   　　　　　　　　　　　　　　　　　　　説**：「去念書！」。

5. I don't **feel like doing** anything today. 　　我今天什麼也**不想做**。

6. We are **looking forward to** see**ing** you again. 　我們**期盼**下次再見到你。

7. A) The rain **prevented** us **from** play**ing** outdoors. （下雨阻止我們在外頭玩
   ＝B) We **could not** play outdoors **because of** 　　　　　　*because of*
   　　the rain. 　　　　　　　　　　　　　⇨）**因為** 下雨，所以不能
   　　　　　　　　　　　　　　　　　　　在外頭玩。

動腦不如動眼

理解句型

比較

不管是「A年輕」、「A比B年輕」，或「A在C組裡最年輕」，在中文同樣都用「年輕」這個字。但在英文裡，也都用 "young" 這個字嗎？

1 比較的基本

A 原級・比較級・最高級——比較變化

一般來說，形容詞與副詞有①**原級**；②**比較級**；③**最高級**這3種變化。下列我們將以1. 形容詞 "young"；2. 副詞 "fast"；3. 形容詞 "interesting" 爲例。而這些變化就稱爲「**比較變化**」。

1. ① She is	young .		她年輕。	
② Emma is	young er than Ann.		Emma比Ann〔更〕年輕。	
③ Emma is the	young est of the three.		Emma在3人當中最年輕。	

2. ① Ken runs	fast .		Ken跑得快。	
② Ken runs	fast er than Tom.		Ken跑得比Tom〔更〕快。	
③ Ken runs 〔the〕	fast est of the three.		Ken在3人當中跑得最快。	

3. ① This is	interesting .		這有趣。	
② This is	more interesting than that.		這比那〔更〕有趣。	
③ This is the	most interesting of the three.		這是3個當中最有趣的。	

①	原級	原本的形式	原本的意思

②	比較級	原級 er / more 原級 / 等	「比…（更）～」

◇比較2者時所用的形式，表示「比…（更）～」的意思。

在 "原級" 的語尾加 er （例1.、2.）；在 "原級" 前放 more （例3.）。

連接詞 "than" 表示「比…」。●P.143

③	最高級	原級 est / most 原級 / 等	「（在…當中）最～」

◇比較3者以上時所用的形式，表示「（在…當中）最～」的意思。

在 "原級" 的語尾加 est （例1.、2.）；在 "原級" 前放 most （例3.）。

介系詞 "of" 表示「在…當中」。最高級必須加 "the"，不過副詞的最高級可以不加。●例2.③

B 形容詞・副詞的比較變化

形容詞、副詞的「比較級」與「最高級」變化，可以分成下列3種：

---

① 規則變化 "er" 型——在 "原級" 的語尾加 er est 。 ◯前頁例1.、2.

② 規則變化 "more" 型——在 "原級" 前放 more most 。 ◯前頁例3.

③ 不規則變化

---

① 規則變化 "er" 型

比較短的字屬於這一型，舉例如下：

	原級	比較級	最高級
快速的；快速地	fast	fast**er**	fast**est**
高的；高地	high	high**er**	high**est**
新的	new	new**er**	new**est**
舊的；老的	old	old**er**	old**est**
身高高的	tall	tall**er**	tall**est**
年輕的	young	young**er**	young**est**

	原級	比較級	最高級
大的	big	big**ger**	big**gest**
熱的	hot	hot**ter**	hot**test**
忙的	busy	busi**er**	busi**est**
早的；早地	early	earli**er**	earli**est**
大的	large	larg**er**	larg**est**
寬的	wide	wid**er**	wid**est**

② 規則變化 "more" 型

比較長的字或是 "ly" 結尾的副詞（ "early" 例外 ◯上面①）等都屬於這一型。

	原級	比較級	最高級	
美麗的	beautiful	**more** beautiful	**most** beautiful	（×beautifuler /
困難的	difficult	**more** difficult	**most** difficult	×beautifulest）
有名的	famous	**more** famous	**most** famous	
有趣的	interesting	**more** interesting	**most** interesting	
小心地	carefully	**more** carefully	**most** carefully	
緩慢地	slowly	**more** slowly	**most** slowly	

③ 不規則變化

下列形容詞、副詞的變化，是屬於不規則的變化。其中3.的「比較級」、「最高級」有2種變化。

1		原級	比較級	最高級
好的		good	better	best
健康的；純熟地		well		
壞的		bad	worse	worst

2		原級	比較級	最高級
[數目] 多的		many	more	most
[數量] 多的；多地		much		
[數量] 少的；少地		little	less	least

1. A）This is **good**. 這個好。

   B）This is **better** than that. 這個比那個好。

   C）This is **the best** of the three. 這個是3個當中**最好的**。

2. A）Ben has **many** toys. Ben擁有**許多**玩具。

   B）Ben has **more** toys than you. Ben擁有的玩具比你多。

   C）Ben has **the most** toys of us all. Ben擁有的玩具是我們所有人當中**最多**。

3	原級	**late** 晚的 ；晚地	
	比較級	**later** 比較晚；比較晚地	**latter** 後面的
	最高級	**latest** 最晚的；最晚地；最新的	**last** 最後的；最後地
		◇ 時間「晚」	◇ 順序「後」

A）He came **late**. 他來**晚**了。

B）He came **later** than usual. 他比平常**晚**來。

C）He came the **latest**. 他**最後**一個來。

D）the **latest** news （離現在**最晚的**⇨距現在**最近的**⇨）**最新的**消息

E）the **latter** half of the movie 那部電影的**後半段**

F）the **last** page of the text book 課本的**最後一頁**

G）**last** { **year** / **week** / **night** } （截至目前歷史中**最後的** {年／週／晚} ⇨）去年／上週／昨晚

◇這個 "last" 是特殊用法，形容詞的最高級並不加 "the"。

2 各種比較用法

基本用法一覽表

原級	This is **as** pretty **as** that.	這個和那個一樣漂亮。
	This is **as** beautiful **as** that.	這個和那個一樣美麗。
比較級	This is pretti**er** than that.	這個比那個漂亮。
	This is **more** beautiful than that.	這個比那個美麗。
最高級	This is **the** pretti**est** of them all.	這個是所有當中**最漂亮的**。
	This is **the** **most** beautiful of them all.	這個是所有當中**最美麗的**。

A 原級的用法　〔 as 原級 as … 〕　〔 和…一樣 原級 〕

> 1. 比較用法中，基本上，原級 〔～〕 以〈as ～ as…〉的形式出現，表示〈和…一樣 ～〉的意思。
> 2. 否定句的〈not as ～ as…〉表示〈沒有… ～〉的意思。
> 3. 上述1.的〈as ～ as…〉表示「1倍」，如果要表示「2倍／3倍／…」的話，就用〈X倍 as ～ as…〉來表示。

1.　　　　　　　　　〔 as 原級 as 〕 …　　　〔 和…一樣 原級 〕

A）He　　is　　　　**old**.　　　　　　他老。

B）He　　is　　**as** old **as** I.　　他和我一樣（一樣老⇨）大。

C）Elephants can swim **as** well **as** dogs.　大象可以游得和狗一樣好。

2.　　　　　**not** as* 　原級　as … 　　　沒有 和…一樣 … 原級

　　　　　＊或用 "so"

A）This file is 　**as** important **as** that one.　這個檔案和那個檔案一樣重要。

B）This file is **not as** important **as** that one.　這個檔案沒有和那個檔案一樣重要。

◇one＝file ●P.36

＝C）This file is **not so** important **as** that one.

3.　　　　X倍 　as 原級 as … 　　　…的 X倍 原級

A）It is | twice | **as** large **as** the sun. | 那是太陽的 | 2倍 | 大。 |
| | three times | | | 3倍 | |
| | half | | | 一半 | |

141

B 比較級的用法 (比較級than... | 比…比較級)

1. 基本上，比較級以〈～ er than...〉或〈more ～ than...〉的形式出現，表示〈比…〔更〕～〉的意思。

A） This is		**cheaper**	than	that.	這個比那個便宜。
＝B） That is	**more**	expensive than	this.		那個比這個貴。
＝C） This is	**not as**	expensive **as**		that.	這個沒有和那個一樣貴。

○P.141

D） He looks		**younger**	than	he is.	他看起來比實際年紀輕。
＝E） He is		**older**	than	he looks.	他實際上年紀比看起來大。
＝F） He is	**not as**	young	**as**	he looks.	他沒有和看起來一樣年輕。

○P.141

2. 省略〈than之後〉的形式，實際上很常見（明確知道和什麼相比的時候）。

A）I need a **longer** rope.	我需要長一點的繩子。
B）You must work **harder**.	你必須更努力工作（念書）。

3. 請注意是**什麼**和**什麼**相比（比較的對象）。下面的例句D）由於無法比較「〔東京的〕氣候」與「巴黎〔這個都市〕」，所以不成立（雖然中文可以說「東京的氣候比巴黎溫暖」）。

A）It is **warmer** today than yesterday.	今天比昨天溫暖。　◇It ○P.180
B）I spend **more** time with my dog than with my wife.	比起陪老婆，我花**更多**時間陪狗。
C）The climate of Tokyo is **milder** than that of Paris.	東京的氣候比巴黎的（氣候）**溫暖**。　◇that＝the climate
×D）The climate of Tokyo is **milder** than Paris.	東京的氣候比巴黎**溫暖**。

Chapter-1　比較

各種比較用法

1
英文法ABC

2
動詞

3
動狀詞

4
理解句型

5
品詞的應用

4. 比較級的前面放表示程度「差異」的修飾詞形式。

	much 比較級 than...		比… 比較級 多了
A)	Jiro is **very tall**.	次郎 很 高。	
B)	Jiro is **much taller** than his mother.	次郎比他媽媽高	多了 。
C)	Jiro is **40 cm taller** than his mother.	次郎比他媽媽高	40公分 。
D)	Goro is **even taller** than Jiro.	五郎比次郎	還 高。
E)	Goro is **a little taller** than Jiro.	五郎比次郎高	一點 。

◇ a little ◯P.191

〈than之後〉〈as之後〉的省略

　　"比較級than"的〈than之後〉與"as～as"的〈as之後〉，有些詞句是可以被省略的。其中，V 常被省略，有時則是 S V 兩者都被省略。下面是之前提到的一些例句，原文省略了 的部分。

	S	V		連接詞	S	V (動詞・助動詞)	
1.	Emma	is	**younger**	than	Ann	is	◯P.138
2.	Ken	runs	**faster**	than	Tom	does (=runs)	◯P.138
3.	He	is	**as** old	**as**	I*	am	◯P.141
4.	Elephants	can swim	**as** well	**as**	dogs	can	◯P.141
5.	It	is	**warmer** today than		it	was	◯P.142
	yesterday.						

◇ ＝可省略

　　口語多不省略，尤其是上述3.省略之後，就只剩下「主格」的代名詞，聽起來很拘謹，所以一般較常用以下兩者之一。

並不省略，原原本本地留下 S V 。

3. He is **as** old **as** I am .

省略 V ，並把 S 變成「受格」。

3. He is **as** old **as** me .

143

C 最高級的用法 (the 最高級 { of / in } ... | 在…當中最 ～)

1. 基本上，**最高級**以〈the ～est〉或〈the most～〉的形式出現，表示〈**最～**〉的意思。

A）She is **the** **youngest** of | the six sisters | . ◆ of | 複數的人（物）
| them all | ～ 當中

B）He is **the most** famous vet in | our town | . ◆ in | 單數的地方（範圍）
| Hokkaido | ～ 當中

C）This is **the shortest** way.

A）她是 | 6姊妹 | 當中最年輕的。
| 她們 |

B）他是 | 我們城裡 | 最有名的獸醫。
| 北海道 |

C）這是最近的（路⇨）捷徑。 ◇省略「在…當中」。

2. A）**一般形容詞的最高級要加"the"**。

B）形容詞的最高級配上 所有格 時，則不加"the"。

C）～E）"much" 修飾 "like" 時，其特殊變化爲C）much ── D）better ── E）best。

E）**副詞的最高級，"the" 可加可不加**。

A）Saburo is	**the**	**best**	pitcher in the team.	三郎在隊裡是最棒的投手。
B）Saburo is	**my**	**best**	friend.	三郎是我最好的朋友。
C）I like math very		much.		我非常喜歡數學。
D）I like math		**better than** English.		我喜歡數學勝過英文。
E）I like math 〔**the**〕**best**		of all the subjects.		所有科目裡，我最喜歡數學。

◇ best（最）＝修飾like（喜歡）的副詞

3	the	最高級	最 ～	◇在最高級之前加上〈the 序數
	the second	最高級	第二 ～	（second / third / 等等）〉表示
				（第…～）。
4	by far the	最高級	特別〔最〕～	◇ 強調 最高級的詞句。
5	one of the	最高級	最 ～ 的之一	◇「最高級的部分」是複數時，
				表示「其中之一」的意思。

3. A）Tokyo is **the** **largest** city in Japan. 東京是日本**最大**城。

B）Osaka is **the** second **largest** city in Japan. 大阪是日本 **第2**
大城。

4. Goro is by far **the** **tallest** of us all. 五郎在我們當中
特別 高。

5. China is one of **the** **oldest** countries 中國是全世界（**最老**
in the world. **的** ⇨）歷史最悠久
的國家之一。

6. 「最高級」⇔「比較級」⇔「原級」之間的互換──最高級的內容也可以用比較
級或原級來表現。以上述3.A）為例。

A）Tokyo		is **the largest** city		in Japan.
＝B）Tokyo	is	**larger**	**than any other** city in Japan.
＝C）**No other** city in Japan is		**larger**	than Tokyo.
＝D）**No other** city in Japan is **as**		large	**as**	Tokyo.

A）東京是日本**最大**的城市。

＝B）東京**比其他任何**的日本城市大。

◆ 比較級 than any other... 比其他任何的…比較級（⇨意思等於最高級）

＝C）在日本，**沒有**其他城市比東京大。 ◇no ◯P.190

＝D）在日本，**沒有**其他城市跟東京一樣大。

3 比較的慣用句

A 〈as原級as〉等慣用句

1	as ～ as	possible	盡可能 ～
		人* can	＊主要子句主詞的代名詞 ●例句1.
2	not so much A as B		與其說是A，不如說是B
	B rather than A		
3	not so much as ～		連 ～ 都不 ◇so much as＝even（連 ～）
	without so much as ～ ing		連…都不 ～ 地
4	強調的"as ～ as"		強調標示下線的形容詞程度

1. Fred wants to leave the hospital **as** soon **as** { **possible** / he **can** }.

Fred想盡可能早點出院。

2. A) She was **not so much** a genius **as** a hard worker.
＝B) She was a hard worker **rather than** a genius.

與其說她是天才，不如說她是努力工作（讀書）的人。

3. A) His wife cannot { **so much as** / **even** } make miso soup.

他太太連味噌湯都不會做。

B) They left **without so much as** say**ing** good-bye.

他們連再見都沒說地就離開了。

4. A) Mozart wrote 50 symphonies.

莫札特寫了50首交響曲。

B) Mozart wrote **as** many **as** 50 symphonies.

莫札特寫了50首之多的交響曲。
◇強調「50」「很多」。

C) He started writing music **as** early **as** 5 years old.

他5歲那麼（早⇨）小的時候就開始作曲。
◇強調「5歲」「很早」。

B 比較級的慣用句

1	The 比較級 of the two	二者當中比較 ～ 的一方
2	比較級 and 比較級	愈來愈 ～
3	no longer ～ / not ～ any longer	（已經）不再是 ～
4	sooner or later	遲早

1. A）She is **younger** than Caroline.　她比Caroline年輕。

  B）She is **the younger** of the two.　她是2人當中比較年輕的。

  C）She is **the youngest** of the three.　她是3人當中最年輕的。

❶ A）比較級一般不加 "the"。

  B）「2人當中比較年輕的」有特定之意，所以加 "the"。

  C）「最年輕的〔人〕」也有特定之意，所以加 "the"。 ○P.178

2. It's getting **warmer** and **warmer**.　天氣愈來愈暖〔了〕。

◇It ○P.180

3. A）I'm no **longer** a child.　我〔已經〕不〔再〕是小孩了。

＝B）I'm **not** a child **any longer**.

4. **Sooner or later** the truth will come out.　真相遲早會水落石出。

5. The 比較級，the 比較級　愈 ～ 愈 …

這個句型是在 "S・V" 之前放比較級加 "the"，後面的 the 是副詞，表示 更 的意思。

A）**The more** you have, the more you want.　你擁有愈多，就想要更多。

B）**The sooner**, the better.　愈快愈好。

◇省略了 "S・V"（"it is" 等）。

6. no more than ～

| A）no more than ～ | 絕對沒有 比～ 多 ⇨ = 強調「很少」 | 只有…… |
| B）not more than ～ | 〔再怎麼多也沒有〕 ⇨ 沒有 比～ 多 | 充其量（最多只有……） |

| C）no less than ～ | 絕對沒有 比～ 少 ⇨ = 強調「很多」 | …之多 |
| D）not less than ～ | 〔再怎麼少也沒有〕 ⇨ 沒有 比～ 少 | 至少… |

A）He has **no more than** 3 books. = He has **only** 3 books.
他只有3本書。

B）He has **not more than** 10 books. = He has **at most** 10 books.
〔充其量〕他最多只有10本書。◐P.149

C）He has **no less than** 800 books. = He has **as many as** 800 books.
他擁有800本之多的藏書。◐P.146

D）He has **not less than** 100 books. = He has **at least** 100 books.
他至少有100本書。◐P.149

7. no more ～ than＝否定兩者 / no less ～ than＝肯定兩者

| A）A **no more** ～ than B | 否定 比較多＝肯定的 = 否定 ⇨ ◇中譯時，要翻成「否定」 A、B兩者。 | A與B一樣不 ～。 B不 ～；同樣地，A也不 ～ |
| B）A **no less** ～ than B | 否定 比較少＝否定的 = 肯定 ⇨ ◇中譯時，要翻成「肯定」 A、B兩者。 | A與B一樣 ～。 B ～；同樣地，A也 ～ |

A）You are **no more** young **than** I am. 你和我一樣老。
（和我一樣，你也不年輕。）

B）Mr. Harvey is **no less** talkative **than** his wife. Harvey先生和他太太一樣愛說話。

= Mr. Harvey is **as** talkative **as** his wife. ◐P.141

148

C 最高級的慣用句

慣用句裡的最高級多不加 "the"。

1	A）at〔the〕most	最多；充其量	（⇦最多只有）
	B）at〔the〕least	至少	（⇦最少也有）
	C）at〔the〕best	最好；充其量	（⇦最好也只）
	D）at one's best	（人·物）最棒的狀態	
2	the last ～	（最後的 ～ ⇨）強烈否定	

1. A）I think she is **at most** 40 years old.　　我覺得她**最多**40歲。

　　B）The repairs will take **at least** a week.　　修理將**至少**花一週的時間。

　　C）He is a second-rate painter **at best**.　　他**充其量**只能算二流畫家。

　　D）The cherry blossoms are **at their best** now.　　現在櫻花**盛開**。

2. A）Jack is **the last** man to do such a thing .　　Jack絕不〔是〕會做那種事〔的人〕。

　　B）Jeff was **the last** man to come .　　Jeff〔是〕**最後**來〔的人〕。

❶ 2. A）與B）的 不定詞 是修飾前面名詞的形容詞用法。 ○P.98

　　A）最後 做那種事 的人 ⇨ 若依序列舉 有可能做那種事 的人，Jack是世上最後的一個人⇨ 做那種事 的可能性最低的人 ⇨ 如上所譯

　　B）was the last man to come ：最晚 來的 人 ⇨ 如上所譯（同於字面意思）

Chapter 2 關係詞

關係詞是句子與句子連結時的一種 "連結詞"，中文並無與此相對的詞語。中文裡沒有的關係詞，在英文裡要如何使用呢？

1 關係詞的種類

關係詞一般分成**關係代名詞**、**關係副詞**2大種類。

關係代名詞	特殊的代名詞	**扮演連接詞的角色，連結兩個句子。**
關係副詞	特殊的副詞	

✎「關係代名詞・關係副詞」一覽表

關係代名詞、關係副詞可細分如下。

先行詞	關係代名詞 主格	所有格	受格	基本的意思[*1]
人	who	whose	whom	〈who等 之後〉的 人
物	which	whose	which	〈which等 之後〉的 物
人／物	that		that	〈that 之後〉的 人／物
◇無先行詞[*2]	that〜		that〜	〜事／〜物

先行詞	關係副詞		
地方	where		〈where等 之後〉的 地方
時間	when		〈when等 之後〉的 時間
reason	why		〈why 之後〉的 理由
way[*3]	how[*3]		〈how 之後〉的 方法

[*1] 關係詞之後的部分成了修飾詞，用來修飾先行詞。 ◉P.42的2.C）

[*2] 關係詞本身就有先行詞。

[*3] 有一者會被省略。

2 何謂關係代名詞

A 關係代名詞

關係代名詞是個特殊的**代名詞**，扮演著連接詞的角色。

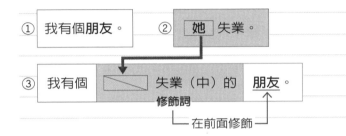

上面②的句子用來說明①的「**朋友**」，可以把整個②當成修飾「**朋友**」的**修飾詞**，再與①連結。而中文的修飾詞多是在**前面修飾**，所以把②插在①的「**朋友**」前，因而造出③。 她 因為與「**朋友**」的意思重疊，所以被 省略 。

再用英文如法炮製。

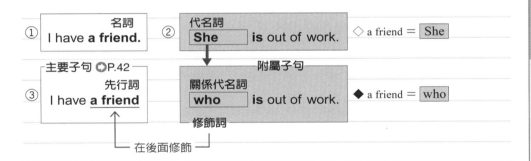

上面英文①「我有個朋友」與②「她失業」連結，於是造出「我有個失業的朋友」的英文句子。

首先，把②的代名詞 She 變成 ➡ who （詳述於P.154），接著把整個②當修飾詞來修飾 "a friend" ，並與①連結。不過**英文裡較長的修飾詞會接在後面** [◐ P.19的MEMO]，所以把②放在 "a friend" 之後。這樣就完成與中文③相同意思的英文③了。

③當中的 who 擔任2個角色。

代名詞的角色： She 是① "a friend" 的代名詞；同樣地， who 是主要子句
中 "**a friend**" 的代名詞──〈 She ＝a friend〉；同樣地，
〈 who ＝**a friend**〉。

連接詞的角色： 一般句子連結句子需要連接詞，然而這裡卻不需要，因為代名
詞 who 也扮演著連接詞的角色。

---

who "扮演著連接詞角色的代名詞"，把兩個句子的**關係**連結起來，因此叫做
「**關係代名詞**」。從前頁的英文③與中文③就可得知，中文並不翻譯關係代名詞。

B 先行詞等於關係代名詞

關係代名詞之後的修飾詞 所修飾的名詞等，叫做 關係代名詞 的「先行詞」。如
下例③所示（＝前頁③）， "**a friend**" 是 who 的先行詞，④的 "**two friends**"
也是 who 的先行詞。

如前頁◆所示，**先行詞＝關係代名詞**。

先行詞━━━━關係代名詞
③ I have **a friend**　who　is　out of work.　有個 失業的 朋友。
修飾詞

先行詞━━━━關係代名詞
④ I have **two friends**　who　are　out of work.　有**2**個 失業的 朋友。
修飾詞

　　先行詞與關係代名詞相等，所以可以**把先行詞代入** 關係代名詞 ——也就是說，**把先行詞代入關係代名詞之後，** 關係子句 [●下例所示] **的意思仍成立**。把左頁③、④的先行詞代入 關係代名詞 之後， 關係子句 的意思如下所示：

　　把先行詞代入關係代名詞之後，例句③、④的 關係代名詞 就變成關係子句中的主詞S，而 關係代名詞 後的動詞須與先行詞一致。

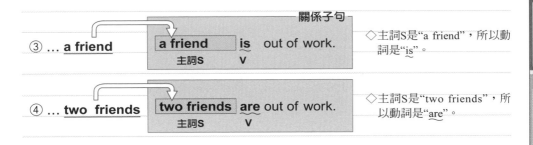

◇主詞S是"a friend"，所以動詞是"is"。

◇主詞S是"two friends"，所以動詞是"are"。

▶ 關係子句

　　上面例句中 關係代名詞之後的部分 因爲含有S、V，所以稱爲「子句」。由於這個子句的開頭是關係代名詞，因此稱爲「**關係子句**」。

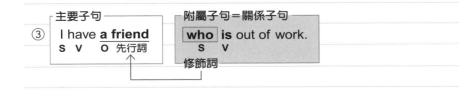

③ 關係代名詞 “ who / which / that ” 的基本

Ⓐ 3種關係代名詞──3種格

　　如下所示，有先行詞的一般關係代名詞可分成 “who / which / that” 3種。其中，每種又各有3種或2種「格」。

　　下列將詳述P.152的③、④之所以要用 who 的理由。

■代名詞

	在句中──		
	當主詞時	表示「～的」之意，與其後的名詞相關時	當受詞時
	↓	↓	↓
名詞	主格＝基本形	所有格	受格
人 （單數・男） ➡	he ：他	his	him
人 （單數・女） ➡	she ：她	her	her
物 （單數） ➡	it ：它	its	it
人／物（複數） ➡	they：他們／它們	their	them

■關係代名詞

	在關係子句中──		
	當主詞時	與其後的名詞相關時	當受詞時
	↓	↓	↓
先行詞	主格＝基本形	所有格	受格
人 ➡	who	whose	whom
物 ➡	which	whose	which
人／物 ➡	that		that

◇「物」也包括動物。 “who” 與 “which” 的所有格都是 “whose” ； “that” 的主格與受格相同，但沒有所有格。

▶ 要使用 who which that 當中的哪一個 ── 由先行詞是「人或物」來決定

左頁的各代名詞依名詞是 人 或 物 而有所區分。

同樣地，關係代名詞的 who which that 也依先行詞是 人 或 物 而有所區分。如果先行詞是 人 的話，就用 who 或 that ；若先行詞是 物 ，就用 which 或 that （"that"可用於人或物）。由於P.152③、④的先行詞（**a friend** / **two friends**）是 人 ，所以可以使用 who 或 that 。

▶ 要使用（主格）（所有格）（受格）當中的哪一個 ── 由關係子句中的角色來決定

需根據代名詞在 句中扮演的角色 來作前頁↓的變化。○P.179

同樣地，關係代名詞的 who which that 也由於它們在關係子句中擔任的角色而有前頁↓的變化。P.152③、④的關係代名詞是 關係子句裡的主詞 ，所以用主格的基本形，也就是 who 或 that 。

B 把代名詞變成關係代名詞，連結兩個句子的方法

■代名詞

	主格	所有格	受格	
人	he	his	him	他
人	she	her	her	她
物	it	its	it	它
人／物	they	their	them	他們／它們

↓　　　　↓　　　　↓

■關係代名詞

	主格	所有格	受格	
人	who	whose	whom	◇受格的關係代名詞多被 省略 。
物	which	whose	which	
人／物	that		that	

如同P.151，把代名詞變成關係代名詞連結兩個句子時，只要依照上方的箭頭↓變化即可。譬如表示「主格」是「人」的代名詞是 he she they ，就會變成同是「主格・（先行詞是）人」的 who 或 that 。又譬如「受格」是「物」的 it（它）them（它們），就會變成同是「受格・物」的 which 或 that 。接著，我們就來實際造句看看吧！

1. A) She has an uncle. B) **He** makes a billion yen a year.　A）她有一個叔叔。
　　　　　　　　　　　　　　　　　　　　　　　　　　　B）他年賺10億日圓。

　　C) She has an uncle **who** / **that** makes a billion yen a year.　C）她有一個 年收入10億日圓的 叔叔。

2. A) She has an uncle. B) **His** wife is a famous actress.　A）她有一個叔叔。
　　　　　　　　　　　　　　　　　　　　　　　　　　　B）他太太是名演員。

　　C) She has an uncle **whose** wife is a famous actress.　C）她有一個 太太是名演員的 叔叔。

3. A) She has an uncle. B) She respects **him**.　A）她有一個叔叔。
　　　　　　　　　　　　　　　　　　　　　　　B）她尊敬他。

　　C) She has an uncle **whom** / **that** she respects.　C）她有一個 她尊敬的 叔叔。

❷ 3.中的 him 變成受格關係代名詞的 whom / that 之後，必須移到先行詞 "an uncle" 的後面，也就是 關係子句 的開頭位置。[⊙下方的MEMO]

口語中雖常用"who"取代受格的 "whom"，不過更常被省略。

MEMO

關係詞的位置

　　關係詞（關係代名詞與關係副詞）＊是連結 關係子句 與先行詞的 "連結詞"，因此 關係詞 一般都緊接著先行詞——也就是在 關係子句 的開頭位置 [⊙上例3.]。這道理與連結兩車的意思相同，連結A車與B車的連結器必須置於兩車之間才行。 ＊ 有先行詞的關係詞。⊙P.150

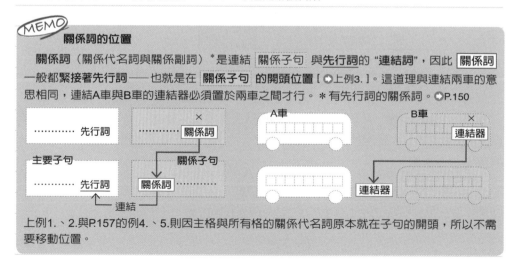

上例1.、2.與P.157的例4.、5.則因主格與所有格的關係代名詞原本就在子句的開頭，所以不需要移動位置。

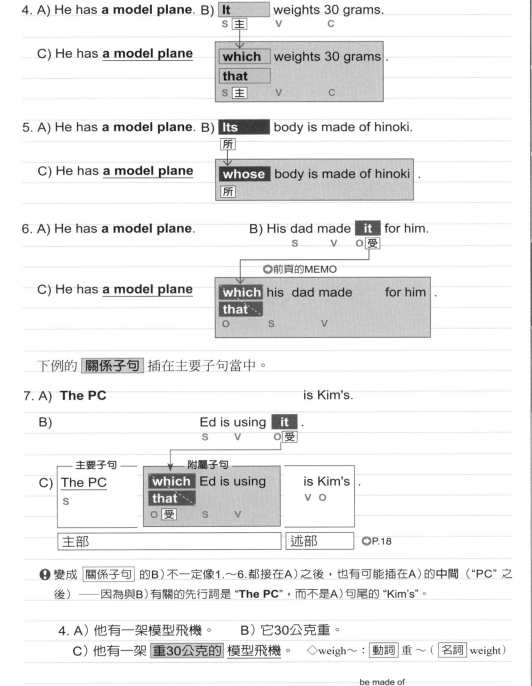

4. A) He has **a model plane**. B) It weights 30 grams.

C) He has **a model plane** which weights 30 grams.
　　　　　　　　　　　　　that

5. A) He has **a model plane**. B) Its body is made of hinoki.

C) He has **a model plane** whose body is made of hinoki.

6. A) He has **a model plane**.　　B) His dad made it for him.

C) He has **a model plane** which his dad made for him.
　　　　　　　　　　　　　that

下例的 關係子句 插在主要子句當中。

7. A) **The PC** is Kim's.

B) Ed is using it .

　── 主要子句 ──　　── 附屬子句 ──

C) The PC which Ed is using is Kim's.
　　　　　that

主部　　　　　　　　　　　　述部 ◎P.18

❶ 變成 關係子句 的B)不一定像1.~6.都接在A)之後，也有可能插在A)的中間（"PC" 之後）── 因為與B)有關的先行詞是 **The PC**，而不是A)句尾的 "Kim's"。

4. A）他有一架模型飛機。　B）它30公克重。
　 C）他有一架 重30公克的 模型飛機。　◇weigh～：動詞 重～（名詞 weight）

5. A）他有一架模型飛機。　B）它的機身是檜木製。
　 C）他有一架 檜木機身的 模型飛機。

157

6. A）他有一架模型飛機。　　　B） 他爸爸做給他的。

　C） 他有一架 爸爸做給他的 模型飛機。

7. A）電腦是Kim的。　　　　　B） Ed正在用〔它〕。

　C） Ed正在用的 電腦是Kim的。

C 選擇關係代名詞的方法

使用關係代名詞時，必須了解下列的 I 與 II。想一想，應該在下面例句1.～7.〔＝P.156～157各例句中的C）〕的 ? 裡，填入哪一個關係代名詞呢？

(I. 先行詞是人或物 ?) ◐P.155

先行詞是人的話，關係代名詞就看
A、C橫列。

先行詞是物的話，關係代名詞就看
B、C橫列。

			a 主格	b 所有格	c 受格
先 行 詞	人	A	who	whose	whom
	物	B	which	whose	which
	人／物	C	that		that

◇c常被 省略 。

(II. 關係代名詞是什麼格 ?) ◐P.155

主格的話，就看a行；**所有格**的話，就看b行；**受格**的話，就看c行。

I. 先行詞一般都在關係代名詞前，所以可以馬上辨別出是人或物。

　　　　先行詞　　　　　　　　　　　關係子句＝修飾詞
1. She has an uncle　　[?] **make** a billion yen a year .
　　　　　　人

2. She has an uncle　　[?] **wife** is a famous actress .
　　　　　　人

3. She has an uncle　　[?] **she** **respects** .
　　　　　　人

4. He has a model plane　[?] **weight** 30 grams .
　　　　　物

5. He has a model plane　[?] **body** is made of hinoki .
　　　　　物

6. He has a model plane　[?] **his dad** **made** for him .
　　　　　物

7. The PC　　[?] **Ed** **is using** is Kim's.
　　　　物

1. 她有一個年收入10億日圓的叔叔。　　5. 他有一架檜木機身的模型飛機。

2. 她有一個太太是名演員的叔叔。　　6. 他有一架爸爸做給他的模型飛機。

3. 她有一個她尊敬的叔叔。　　7. Ed正在用的電腦是Kim的。

4. 他有一架重30公克的模型飛機。

II. 以下內容可以幫助判斷出**關係代名詞** "who / which / that" 的《格》。

將**先行詞**代入 關係代名詞 [○P.153]，然後思考 關係子句 裡的意思。

如果先行詞——

① ～ 是**主詞**S的話，就是《**主格**》。

② ～ 與其後的名詞相關的話，就是《**所有格**》。

③ ～ 是**受詞**O的話，就是《**受格**》。

　　　　　　　　　　　　　　　　　　　　　　先行詞　　　　　　關係代名詞

1. uncle　｜叔叔｜賺錢｜ ‥‥關係子句　　人 /《主格》　➡ who / that
　人　　　　S《主格》 V

2. uncle　｜叔叔的｜太太｜ ‥‥‥　　人 /《所有格》➡ whose
　人　　　《所有格》 名

3. uncle　｜叔叔｜她｜尊敬｜ ‥‥‥　人 /《受格》　➡ whom / that
　人　　　O《受格》 S　V

4. plane　｜飛機｜重～｜ ‥‥‥　　物 /《主格》　➡ which / that
　物　　　S《主格》 V

5. plane　｜飛機的｜機身｜ ‥‥‥　物 /《所有格》➡ whose
　物　　　《所有格》 名

6. plane　｜飛機｜他爸爸｜做的｜ ‥‥‥　物 /《受格》　➡ which / that
　物　　　O《受格》 S　V

7. PC　　｜電腦｜Ed｜正在用｜ ‥‥‥　物 /《受格》　➡ which / that
　物　　　O《受格》 S　V

4 關係代名詞 " who / which / that " 的應用

		主格	所有格	受格
先行詞	人	who	whose	whom
	物	which	whose	which
	人／物	that		that

◎P.154

◇受格常被 省略 。

以下各例句，標示下線的部分就是關係子句
（修飾先行詞的修飾詞）。◎P.153

1. 先行詞是「人」：大多使用 "who"。《A）只能用 "who"，是習慣用法》

A) There are **those** who believe in UFOs.

believe in

有人相信幽浮。

◇ those who：指who之後所描述的
人〔們〕

B) Lawrence had to kill
the man **whose** life he had saved.

Lawrence當時必須殺了那些他
曾救過的男人。

◇ man 男人的 性命 ◎前頁②

C) That's the woman whom / that I saw
in a wanted poster.

她就是我在通緝海報上看到的
女人。

2. 先行詞是「物」（包括動物）：使用 "which" 或 "that"（口語為 "that"）。

A) The game which / that started at
7 p.m. went on until 1 a.m.

go on

晚上7點開始的比賽持續到半
夜1點。

B) She gazed at the mountains whose
peaks were covered with snow.

gaze at

她凝視著被白雪覆蓋的群山。

◇were covered with ◎P.80

C) He lives in a hut which / that he built
himself.

他住在他自己蓋的小屋裡。

人

who

もの

which
that

Chapter-2 關係詞

關係代名詞 "who / which / that" 的應用 / 介系詞與關係代名詞

1 英文文法ABC

2 動詞

3 動狀詞

4 理解句型

5 品詞的應用

3. A)的先行詞包括「人・物」兩者，或先行詞裡含有B)「最高級」、C)「全部」之類，表"強烈意思"的詞語時，較偏好用"that"。

A）His car nearly hit **a boy and his dog** that were crossing the street.

他的車險些撞到正在過馬路的男孩與狗。

B）This is one of **the best books** that I have ever read.

這是我讀過最棒的書之一。
◇one of the best ◯P.145

C）I have forgotten everything that I learned at school.

我已經忘了在學校裡學的一切。 ◇have forgotten ◯P.62

5 介系詞與關係代名詞

		主格	所有格	受格 （介系詞的O）
先行詞	人	who	whose	whom
	物	which	whose	which
	人／物	that		that

關係代名詞在關係子句裡是**動詞或介系詞的受詞**時，就使用「**受格**」的關係代名詞 [◯P.154]。之前提到的「**受格**」例子，都是**動詞**的受詞。下列將介紹**介系詞的受詞**的例子 [◯P.184]。

【注1】" that " 不能放在介系詞之後 ——— 〈介系詞＋關係代名詞〉的形式只有〈介 which〉與〈介 whom〉。而〈介 that〉並不成立。

【注2】不能省略介系詞之後的關係代名詞—— 〈介 which〉與〈介 whom〉當中的"which"、"whom" 不能省略。

1. A）This is the house.　　 B）They live **in** **it** .

A）這是房子。

B）他們住在裡面。

C）This is the house which / that they live **in** .

C）這是 他們住的 房子。

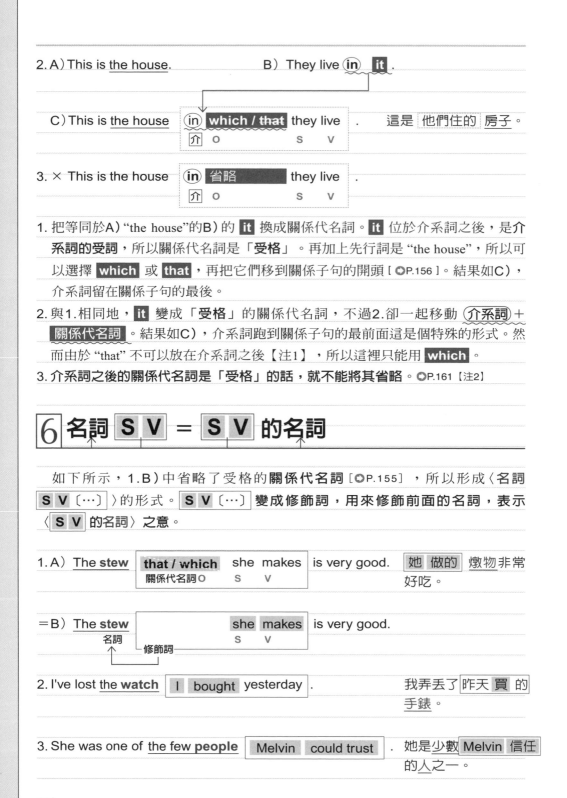

2. A）This is <u>the house</u>.　　　　　B）They live (in) **it** .

C）This is <u>the house</u>　(in) **which / that** they live　.　　這是 他們住的 房子。
　　　　　　　　　　　　介　○　　　　　S　　V

3. × This is <u>the house</u>　(in) 省略　　　　they live　.
　　　　　　　　　　　　介　○　　　　　　S　　V

1. 把等同於A）"the house"的B）的 **it** 換成關係代名詞。**it** 位於介系詞之後，是**介系詞的受詞**，所以關係代名詞是「受格」。再加上先行詞是 "the house"，所以可以選擇 **which** 或 **that**，再把它們移到關係子句的開頭〔 ○P.156 〕。結果如C），介系詞留在關係子句的最後。

2. 與1.相同地，**it** 變成「受格」的關係代名詞，不過2.卻一起移動 (介系詞) + **關係代名詞**。結果如C），介系詞跑到關係子句的最前面這是個特殊的形式。然而由於 "that" 不可以放在介系詞之後【注1】，所以這裡只能用 **which** 。

3. 介系詞之後的關係代名詞是「受格」的話，就不能將其省略。○P.161【注2】

6 名詞 **S V** = **S V** 的名詞

　　如下所示，1.B）中省略了受格的**關係代名詞**〔○P.155〕，所以形成〈名詞 **S V**〔…〕〉的形式。**S V**〔…〕變成修飾詞，用來修飾前面的名詞，表示〈 **S V** 的名詞〉之意。

1. A）**The stew** **that / which** she makes is very good.　她 做的 燉物非常
　　　　　　　 關係代名詞○　　　S　V　　　　　　　　　　　好吃。

=B）**The stew**　　　　she makes is very good.
　　　名詞　　　　　　　　　S　V
　　　　　 └─ 修飾詞 ─┘

2. I've lost <u>the **watch**</u>　I bought yesterday　.　我弄丟了 昨天 買 的
　　　　　　　　　　　　　　　　　　　　　　　　　　手錶。

3. She was one of <u>the few **people**</u>　Melvin could trust　.　她是少數 Melvin 信任
　　　　　　　　　　　　　　　　　　　　　　　　　　　的 人 之一。

7 關係代名詞 " what "

　　"what" 也可以帶出**關係子句**，| what ～ | 的形式表示 | ～ 事（物） | 的意思。

　　"what" 是**沒有**「先行詞」、「格變化」、「省略」的特殊關係代名詞，用法比一般的關係代名詞單純許多。下面例句3.是**慣用句**。

1. A)　　　　　　　　　　　　　　**What** did he say?　他說了什麼？

　　　　　　　　　　　　　　　　　　　　◇ "what" 是疑問詞。

　　　S　　　V　　　　　　　　　O

　B）I　　wonder　　　　**what** he said．　我好奇 | 他說了什麼 |。

　　　　　　　　　　　　　└ 名詞子句 ┘　　◇（what之後）是間接疑問。

　　　　　　　　　　　　　　　　　　　　　● P.183

　　　S　　　V　　　　　　　　　O

　C）I don't believe　　**what** he said．　我不相信 | 他說的 〔事〕 |。

　　　　　　　　　　　　└ 名詞子句 ● P.44 ┘　◇ "what" 是有先行詞的關係代名詞，中文裡可以省略「事」一字。

　　　S　　V　　　　　　　　　　　　O

＝D）I don't believe the things　**that** he said．　我不相信 | 他說的 | 事情。

　　　　　　　↑　　　　　　└ 修飾詞＝形容子句 ┘　◇ that＝一般的關係代名詞（中文並不翻譯出來）。

　　　S　　V　　　C　　　　　　　　　　　　look for

2. This is just | **what** we have been looking for |．　這 正 是 我 們 （ 一 直 尋 找 ⇨ ） 夢 寐 以 求 的 東 西 。

　　　　　　　　　　　　　　　　　　◇have been looking　● P.66

3. ┌───┐
　 │ A）**what** S is　　（S 等於現在的 東西⇨）**現在的S** │
　 │ B）**what** S was　　（S 等於過去的 東西⇨）**過去的S** │
　 └───┘

　　　S　　　　　　　　V　　　O　　　C

　A）My grandfather made me | **what I am** |．　我爺爺造就了 | 現在的我 |。

　B）She is not | **what** she **was** |．　她不再是 | 過去的她 |。

8 關係副詞

A 何謂關係副詞？

關係副詞 —— where when why how 4種 —— 是特殊的副詞，扮演連接詞的角色。

A）This is the house　　B）They live there.　A）這是房子。

B）他們住在那裡。

C）This is the house where they live.　　C）這是 他們住的 房子。

　　　　先行詞　　關係副詞

　　　　　　　　關係子句（修飾詞）

◆房子 那裡 他們住在

　　上例A）與B）結合，造出C），把相當於A）"the house" 的B）的 there 變成 where ，移到B）的句首，這樣整句B）就變成 "the house" 的 修飾詞 並緊接於A）之後而連結成一句。

　　這麼一來，C）的 where （中文並不翻譯出來）扮演2個角色。其一是當副詞 —— B）there（那裡） 是動詞 "live" 的副詞；同樣地， where 在文法上也是 "live" 的副詞（中文並不翻譯出來）。其二是當連接詞，把B）與A）連結起來。

　　where 性質特殊，同時扮演副詞與連接詞的角色。像這樣讓兩個句子發生關係（連結起來）的副詞就叫做「關係副詞」。關係副詞與關係代名詞同樣可以造出當修飾詞的關係子句，用來修飾先行詞。 ●P.152

B 關係副詞的用法

　　關係代名詞依先行詞的種類而有所區分 [●P.154]；同樣地，關係副詞也依先行詞的種類而區分如下（關係副詞並沒有格變化）。

	先行詞		關係副詞	
1	地方[*1]	➡	where	＊1 表示「地方」的詞語＝place、house、city、country等。
2	時間[*2]	➡	when	＊2 表示「時間」的詞語＝time、day、season、year等。
3	reason[*3]	➡	why	＊3 " why " 的先行詞只有「reason：理由」。
4	way[*4]	➡	how	＊4 有一者會被省略。

例句中，下線的部分就是關係子句。關係副詞的先行詞有可能被省略。 ○3.B）、4.C）

1. A）The map shows the spot
　　　 where the bomb was dropped.

地圖顯示出炸彈墜落的地點。
◆ 地點：炸彈墜落 在那裡 。

　 B）The town where I was born lies
　　　 at the foot of Mt. Iwaki.

lie [s]
我出生的城鎮就在岩木山的山腳下。
◆ 城鎮：我 在那裡 出生。

2. A）I remember the day
　　　 when we first met.

我記得我們第一次相遇的那天。
◆ 那天：我們第一次相遇的 時候 。

　 B）Do you know the exact time
　　　 when they will arrive?

你知道他們將抵達的正確時間嗎？
◆ 時間：他們將抵達的 時候 。

3. A）The reason why she was angry
　　　 soon became clear.

馬上就釐清了她為什麼生氣的理由。
◆ 理由：她為了 那個理由 生氣。

　 B）That is why I cannot trust him.

（那就是我沒辦法信任他的 理由 ⇨）
所以我沒辦法信任他。

◇ 先行詞 "the reason" 被省略的形式，這
　 裡的 "why" 本身就表示「理由」的意
　 思。

4. A）　This is the way how it happened.
　 B）　This is the way　　　　 it happened.
＝C）　This is　　　 how it happened.

（這就是它發生的方法 ⇨） 就是這
麼發生的。

▶ "why" 與 "how" 的慣用句

This is why 〜	這就是為什麼 〜／所以 〜	
That is why 〜（＝That's why）	那就是為什麼 〜／所以 〜	○上例3.B）
This is how 〜	就是這樣 〜	○上例4.
That is how 〜（＝That's how）	就是那樣 〜	

C 關係副詞與關係代名詞的區別方法

　　當關係副詞的先行詞 [○P.164] 與關係代名詞（which / that）的先行詞 [○P.154] 都
是「物（人之外）」時，常困擾不知道要用哪一個才好 [○P.166]。如果能認清它們
的 "特徵" ，就方便多了。

關係副詞的特徵	where：承接先行詞（地方），在關係子句裡譯為 (在) 那裡 。
	when：承接先行詞（時間），在關係子句裡譯為 那時候 。
	why ：承接先行詞（理由），在關係子句裡譯為 那理由 。
	how ：形式為〈 the way S V 〉或〈 how SV 〉。
關係代名詞的特徵 **○**P.159	把先行詞代入 關係代名詞 ，在關係子句裡代表 主格 、 所有格 、 受格 。

表示「地方」的詞語 ➡ 關係副詞？
也是「物」 ➡ 關係代名詞？

1. A）This is the store 　?　 she opened last month.

  B）This is the store 　?　 he worked until last month.

表示「時間」的詞語 ➡ 關係副詞？
也是「物」 ➡ 關係代名詞？

2. A）The song reminds me of the days 　?　 we were young.

  B）The song reminds me of the days 　?　 we spent together.

把先行詞代入

1. A）店　　 那家店 她⋯開了 ➡ which / that
　　　　　　　O　　　S　V

承接先行詞

  B）店　　 在那裡 他曾工作⋯ ➡ where

承接先行詞

2. A）日子　 那時候 我們很年輕 ➡ when

代入先行詞

  B）日子　 那些日子 我們曾度過⋯ ➡ which / that
　　　　　　　O　　　S　　V

1. A）這是她上個月開的店。

  B）這是他工作到上個月為止的店。

2. A）這首歌讓我想起我們曾年輕的日子。　　◇remind 人 of～：讓人想起 ～

  B）這首歌讓我想起我們曾一起度過的日子。

9 關係詞的逗點用法

1. A) She has two <u>sons</u> who work for a bank.

她有2個在銀行工作的兒子。　◇可能還有其他不在銀行工作的兒子。

B) She has two <u>sons</u>, who work for a bank.

她有2個兒子，他們在銀行工作。　◇只有「2個」兒子。

＝C) She has two sons **and they** work for a bank.

A) 關係詞的一般用法就是，用**關係子句修飾先行詞**（也稱爲「限定用法／限制用法」等），到前頁爲止都是這種用法。

B) 關係詞的特殊用法又稱爲「補述用法／非限定用法」，在此稱爲「**逗點用法**」。這就是在關係詞前加個逗號*，讓句子的意思先**"暫時結束"**，其後的**關係子句就先行詞作補充說明**而已，與一般用法不同，**並不修飾先行詞**。擁有此用法的只有關係代名詞的"who / which"與關係副詞的"where / when"而已，**受格也不會被省略**。"which"的先行詞有可能是「句子」或「子句」。

[○下列3.A)] ＊文體的情況

2. A) He lent me his <u>raincoat</u>, which was too small for me.

他借了我雨衣，可是它對我來說太小了。

＝B) He lent me his raincoat **but it** was too small for me.

3. A) He said **that he was busy**, which was a lie.

他說他很忙，但那是謊言。

B) He said that he was busy, **but it** was a lie.

◆先行詞是"**that he was busy**"＝子句。

4. A) He moved to <u>Peru</u>, where he spent the rest of his life.

他搬去祕魯，並在那裡度過餘生。

＝B) He moved to Peru, **and there** he spent the rest of his life.

5. Please wait until <u>four</u>, when she will be back.

請你等到4點，到時她就會回來。

be back

假設語氣

「如果我是男生的話…」，這句話就是假設與事實（說話者是女生）相反的事情（「如果是男生」）。當要說出與事實相反的事情時，就是用假設語氣。

1 假設語氣——與一般「條件子句」的差異

① 如果你知道他的電話號碼，我就能打給他。

② 如果我知道他的電話號碼的話，我就能打給他（因為不知道，所以不能打）。

條件子句　　　　　　　　主要子句
① If you **know** his number, **I can** call him.
② If I **knew** his number, **I** *could* call him.

　　雖然中文①、②的動詞都是「**知道**」，不過把②譯成英文時，就必須**用特殊的表現方法**。

　　①的說話者不確定是否「你知道」，所以假設「你**知道**的話」，這就是**一般的**「條件子句」〔 ◎P.54 〕，因此用**現在式**的 "know" 表示「〔現在〕知道的話」。但是②的說話者「**不知道**」是**事實**，而假設與事實相反的「如果知道的話」。在英文裡，這種**與事實相反**的假設，必須用**前一個時態**的動詞（助動詞）表示。

	現在的事	過去的事
一般的表現	現在式	過去式
假設語氣	前一個時態＝ 過去式	前一個時態＝ 過去完成式 ◎P.69

　　因此②用**過去式** "knew" 來表現「〔現在〕知道的話」，主要子句的助動詞也必須變成**過去式**的 "could"。這種假設與事實相反的特殊用法就稱為「假設語氣」。

2 假設語氣的基礎——假設過去式與假設過去完成式

　　假設語氣分成「**假設過去式**」與「**假設過去完成式**」，基本形式如P.169（pp＝過去分詞）。如上所述，請注意句中的動詞（助動詞）是**前一個時態**。

假設 過去式 《現在的事》	If	過去式	would could might	原形

"現在"的事情用過去式表現　　助動詞的過去式＋原形

《現在》如果 ～ 的話，｜就 ～ ／就能 ～ ／說不定就 ～

假設 過去完成式 《過去的事》	If	had pp	would could might	have pp

"過去"的事情用過去完成式表現　　助動詞的過去式後接 "have pp"

《過去》如果 當時 ～ 的話，｜就 ～ ／就能 ～ ／說不定就 ～

1.A）　If　I　**knew**　his number,　I *could* call　him.
◆As　I do not know　his number,　I cannot call　him.

B）　If　I had　**known**　his number,　I could have called him.
◆As　I did not know　his number,　I could not call　him.

1.A）　如果 我 知道 他的電話號碼 的話 ，我就能打給他。
◆ [現在事實]，因為不知道電話號碼，所以不能打。

B）　如果當時 我 知道 他的電話號碼 的話 ，我就能打給他了。
◆ [過去事實]，因為當時不知道電話號碼，所以不能打。

假設 過去式 是假設與「現在事實」相反的事，表示「《現在》如果～的話，…」。動詞（助動詞）如前頁所述、上圖所示。

而**假設 過去完成式** 是假設與「**過去事實**」相反的事，表示「《**過去某刻**》如果 ～ 的話，…」。「條件子句」的動詞是 **過去完成式：had pp**，主要子句則在**助動詞的過去式後接** "have pp"《 would / could / might 等＋have pp 》。

2.A）　If　I　**had** enough money,　I *would* **buy** it.
◆ As I do not have enough money,　I will not buy it.

B）　If　I had　had enough money,　I *would* have bought it.
◆ As I did not have enough money,　I did not buy it.

169

3. A)	If I **were** you,		I	**would** not __do__ that.

B)	If you **were** in my place,		*would* you		__do__ that ?

C)	If you **were** in my place,	what *would* you		__do__ ?

＝D)	What *would* you	__do__	if you	**were** in my place ?

E)	What *would* you **have done**	if you **had been** in my place ?

2. A）我要有足夠的錢的話，我就會買。　◆因為沒有足夠的錢，所以不買。

◇ 與「現在事實」（沒有）相反的假設，所以「如果〔現在〕有的話」就用 過去式 。

　B）如果當時我有足夠的錢，我就會買。　◆因為當時沒有足夠的錢，所以沒買。

◇ 與「過去事實」（當時沒有）相反的假設，所以「如果〔過去某刻〕有的話」就用
過去完成式 。

3. A）要是我是你的話，我不會那麼做。

　B）要是你是我的話，你會那麼做嗎？

　C）要是你是我的話，你會怎麼做？＝＝＝ D）◇ 把C）的「條件子句」移到後面。

　E）如果當時你是我的話，你會怎麼做？

❶ 原則上，假設 過去式 的 "be" 都變成 " **were** " ──不管主詞是 "I" 或 "he" ，都
用 "were" （不過口語上也可以用 " I **was** " " he **was** " ）。

4. A)	If it	**rained** tomorrow,	the drill *would* **be** canceled.

B)	If it	**rains** tomorrow,	the drill **will** **be** canceled.

5. A)	If I	**fail**,		I	**will** **resign**.

B)	If I	should / were to **fail**,		I	*would* **resign**.

6. A)	If he **had** not **helped** me,	I *would* **have been** dead.

B)	If he **had** not **helped** me,	I *would* **be** dead now.

　4. A）要是明天下雨的話，就會取消訓練。

◇與「說話者想法」（應該不會下雨）相反的假設。

❶ 假設過去式一般表示與「現在事實」相反的假設，不過也可能像4. A）一樣，表示與「說
話者想法」相反的假設（不過，假設過去完成式只有一種意思，就是與「過去事實」相反
的假設）。

　B）如果明天下雨的話，就會取消訓練。

◇ 這是一般的 "條件子句" 〔 ◎P.54 〕，說話者不知道是否「下雨」，所以假設「如果下雨
的話」。請注意！這裡用現在式 "rains" 來表示「未來」的事。

　5. A）〔不知道會不會失敗〕如果失敗的話，我就辭職。　◇一般的「條件子句」◎P.54

　B）〔認為不會失敗〕 萬一 失敗的話，我就辭職。

▶ 表示「萬一」的 " should / were to "

　前頁例句5.的〈if should 原形〉、〈if were to 原形〉也是假設過去式的一種，表示「〔應該不會發生，但是〕萬一 ～ 的話」。

| 6. A) | 〔當時〕如果他沒幫我的話， | 我早就死了。 |
| B) | 〔當時〕如果他沒幫我的話， | 我現在應該死了。 |

| ❶ B) | If had pp
《過去》如果 ～ 的話 | would 等 原形
《現在》應該… 等 |
| | 條件子句是《過去》的事，所以用
假設過去完成式 | 主要子句是《現在》的事，所以用
假設過去式 |

　這是 "混合" 兩種假設語氣的變化形式。

3 假設語氣的應用

　假設語氣中，還有一些是與基本形式 [○P.169] 不同的形式，下列將介紹這些假設語氣的應用。

A 省略 " if " ── 倒裝

　假設語氣「條件子句」的 "if" 可以被省略，於是產生「倒裝」，變成主詞S與〔助〕動詞V互換位置的**疑問句形式**。

1. A) **If I** **were** president, **I *would* cut** defense spending.

```
        S      V
        ↓  ┌───┘
        V      S
```

= B) **Were I** president, **I *would* cut** defense spending.

2. A) **If** the bank **had lent** us the money, we ***could* have rebuilt** the company.
= B) **Had** the bank **lent** us the money, we ***could* have rebuilt** the company.

3. A) **If** our boss **should** be arrested, what ***would* become** of us ?
= B) **Should** our boss be arrested, what ***would* become** of us ?

　1. 如果我是總統，我會刪減國防費用。
　　　　　　　　　　　　　　rebuilt
　2. 如果當時銀行借我們錢，我們就可以重建公司了。
　　　　arrest
　3. 萬一老闆被捕，我們會變成怎麼樣 ？　　◇what will become of ○P.183

B「條件子句」的替換用法 —— 請注意助動詞的後面

假設語氣的 "條件子句" 可以用 其他詞句 替換。不過條件子句因為少了 動詞 ，所以得靠主要子句的**助動詞** （would等） 來判斷句子是**假設 過去式** 還是**假設 過去完成式**。

"條件 (if) 子句" 的替換用法	助動詞後面是原形	⇨ 假設 過去式
	助動詞後面是 "have pp"	⇨ 假設 過去完成式

	條件子句	主要子句	
1. A)	**In your place,**	**I would** **say** no.	如果我是你，我會拒絕。
＝B)	If I **were** in your place,	**I would** **say** no.	
C)	**In your place,**	**I would have said** no.	如果當時我是你，我會拒絕。
＝D)	If I **had been** in your place,	**I would have said** no.	

2.	I overslept;		我睡過頭了，不然我可以跟你一起去。
A)	**otherwise,**	**I could have gone** with you.	
＝B)	If I **had** not **overslept**,	**I could have gone** with you.	如果當時我沒有睡過頭，我就可以跟你一起去。

❶ 1. A)：省略了B)的 "If I were " ，只留下 "In your place" 當 "條件子句"。 由於 "條件子句" 沒有 動詞 ，所以必須從主要子句的**助動詞 "would"** 後面來判斷意思 —— "**say ＝原形**" ，所以整句是假設 過去式 。

D)：同樣地， "would" 後面是 "have said" ，所以整句是假設 過去完成式 。

3.	{ Without / But for } ～	A)〔現在〕如果沒有～的話	＝a) **if it** **were** **not for** ～
		B)〔過去〕如果沒有～的話	＝b) **if it** **had** **not been for** ～

"without～" 與 "but for～" 各有A)、B)兩種意思（必須從**助動詞的後面**來判斷是哪一個意思）。A)可以換成a)；B)可以換成b)（都是假設語氣）。

A)	{ **Without / But for** } our help,	he **might** **fail**.	如果沒有我們的幫助，他可能會失敗。
＝ a)	If it **were** not for our help,	he **might** **fail**.	
B)	{ **Without / But for** } our help,	he **might have failed**.	如果當時沒有我們的幫助，他可能就失敗了。
＝ b)	If it **had not been** for our help,	he **might have failed**.	

Chapter-3　假設語氣

假設語氣的應用

1 英文法ABC

2 動詞

3 動狀詞

4 理解句型

5 品詞的應用

C　假設語氣的慣用句

① I wish 假設語氣 ｜ 希望 ～

| I wish　S　過去 | 希望 ～ | （希望〔現在〕～） | 假設過去式 |
| I wish　S　had pp | 但願當時 ～ | （但願〔過去〕～） | 假設過去完成式 |

　　相對於實際上「不是～」的情況，"I wish～"表現出「希望～」的想法，這就是與事實相反的願望（假設）。 ○P.168

1. A)　**If**　　**I** knew　　his number, **I could…**　　如果我知道他的電話號碼，我就可以…。 ○P.169

B)　**I wish I** knew　　his number.　　我希望我知道他的電話號碼。

C)　**If**　　**I** had known his number, I could have…　　如果當時我知道他的電話號碼，我就可以…。 ○P.169

D)　**I wish I** had known his number.　　但願當時我知道他的電話號碼。

2.　**I wish I** could　　go home.　　我希望我能回家（故鄉／國）（真想回家）。

② as if 假設語氣 ｜ 就好像 ～

| as if* S　過去 | 就好像 ～ | 假設過去式 |
| as if* S　had pp | 當時就好像 ～ | 假設過去完成式 |

＊或作 "as though"

　　"as if ～"表示「（實際上不是，可是）就好像 ～」的意思。

1. A)　He looks ═══ **as if** he　　**were** sick.　　他〔現在〕看起來就好像〔現在〕生病。

B)　He looked ═══ **as if** he　　**were** sick.　　他〔當時〕看起來就好像〔當時〕生病。

2. A)　He looks ═══ **as if** he had been sick.　　他〔現在〕看起來就好像〔過去〕曾生病。

B)　He looked ─── **as if** he had been sick.　　他〔當時〕看起來就好像〔之前〕曾生病。

1. C) She talks ═══ **as if** she **knew** everything . 　她說的就好像她什麼都知道。

2. C) She talked ── **as if** nothing **had happened** . 　她當時說的就好像什麼都沒發生。

" **as if** " 之後是 過去式 或 過去完成式 ： 1.與 主要子句的動詞時態 相同 ══ 過去式
　　　　　　　　　　　　　　　　　　　2.比 主要子句的動詞時態 早 ── 過去完成式

③ 其他慣用句

以下限用於假設 過去式 （不能用假設過去完成式）。

1	It is time S 過去式		是 ～ 的時候了（該～了）
2	as it **were**		可以說
3	A) Will you ～ ?　Can you ～ ?	B) **Would** you ～ ?　**Could** you ～ ?	可否請你 ～ 好嗎？
	C) Do you mind ～ ing ?	D) **Would** you mind ～ ing ?	
	E) want to ～	F) **would** like to	想 ～

⊙P.56、84
⊙P.134
⊙P.94

1. A) **It's time** 　you 　**were** to bed. 　是〔你［們］〕睡覺的時候了。
◇it 　⊙P.180

＝B) **It's time** for you **to go** 　to bed. 　◇for ⊙P.101 / to go ⊙P.97 **B**

◆1. 相對於「該～的時間，卻還沒～」的**現在事實**，表示「**是～的時候了**」、「**該～了**」的意思。

2. The princess is, **as it were**, a caged bird. 　公主可以說就是籠中鳥。
caged

3. A)｛ **Will** 　/ **Can** ｝you step aside? 　請你讓開好嗎？

B)｛ **Would** / **Could** ｝you step aside? 　可否請你讓開好嗎？

C) **Do** 　you mind checking it again? 　請你再查一次好嗎？

D) **Would** you mind checking it again? 　可否請你再查一次好嗎？

E) **I** want **to** talk with you in private. 　我想跟你私下談。
in private

F) **I 'd** like **to** talk with you in private. 　我希望跟您私下談。

◆3. 這些是假設過去式的客氣用法，藉著助動詞的 過去式 （假設 過去式 ）來表現 客氣 。

快速檢視重點
品詞的應用

1 普通名詞的用法

A 名詞的種類

名詞分類如下：

可數名詞		不可數名詞		
①普通名詞	②集合名詞	③專有名詞	④物質名詞	⑤抽象名詞
可數的物或人稱，可單純數出「1個、2個(1個人、2個人)」。	一個「集合體」，單數的形式卻包含著複數的人〔等〕。	人名、地名等，字首為大寫。	沒有一定形狀的物質。	看不見、摸不到的抽象東西。

a **ball**(two / **balls**)	a **class** / a **family**	**Taro** / **Kennedy**	**gold**（金）/ **rice**	**death**（死亡）
a **boy** / a **cat**	a **group** / a **team**	**Okinawa** / **Italy**	**paper** / **air**	**peace**（和平）
an **egg** / a **star**	a **herd** （一群）	**Aomori Station**	**water**	**work**（工作）

◇單數可數名詞必須加 "a (an)" [⊙P.178]，複數可數名詞的字尾必須加 " s "。

B 普通名詞的用法

　　名詞中，普通名詞 占多數，它是「同類的物或人」所共有的名稱，可單純數出「1～」、「2～」。它分成單數和複數，單數前須加冠詞[⊙P.178]的 "a (an)" 或其他詞，不能單獨使用。

	單數		複數	
1. A) I have **a**	horse	.	B) I have **two**	horse s.
×C) I like	horse	.	D) I like	horse s.
E) I like	horsemeat	.		
F) I like **the**	horse	.	G) I like **the**	horse s.
H) This is **my**	horse	.	I) I like **these**	horse s.

A) 我有一匹馬。　　　　　　　B) 我有兩匹馬。

　　◇ 中文裡不管是「1匹＝單數」、「2匹＝複數」都叫「馬」，不過英文的「1匹」馬就是 "**a（one）horse**"、「2匹」馬就是 "**two horses**"，單數與複數長得不一樣。

C) 喜歡少了 " a "（不可數）的馬 ?!　D) 我喜歡（非特定複數的馬＝所有叫做馬
　　◇單數名詞不能單獨使用。　　　　的動物）馬。
　　　　　　　　　　　　　　　　　◇ 表示「全體種類」的複數可以單獨使用。

E）我喜歡馬肉。

　　◇「馬肉」是不可數的 **物質名詞** ── 不加 "a" ── 可單獨使用。

F）我喜歡那匹馬。　　　　　　　G）我喜歡那些馬。

H）這是我的馬。　　　　　　　I）這些是我的馬。

帶有抽象意思的普通名詞 可以跟 **抽象名詞** 一樣**單獨**使用，也**不需要冠詞**。

2.A）**Knowledge** is **power** .　　　　　　知識就是力量。

◇抽象名詞不可數，也可單獨使用。

　　B）He bought 　**a**　　**bed**　.　　　　他買了一張床。

◇具體的東西。

　　C）He was sitting on **the**　**bed**　.　　他當時正坐在〔那張〕床上。

◇具體的東西。

　　D）I usually go to 　**bed**　 at ten.　　我通常10點（上床⇨）睡覺。

　　E）I 　　go to 　**school** by **bicycle**　. 我｛騎腳踏車／搭公車／搭
　　　　　　　　　　　　　　　bus　 火車（電車）｝去上課。
　　　　　　　　　　　　　　　train

　　F）He was sitting next to **the** **president** . 他當時正坐在總統隔壁。

◇實際存在的特定的人。

　　G）She was elected 　　**president**　.　她被選為總統。

❶ D）**bed**　：不像B）、C）所指是具體的一張床，它也擁有「睡覺」的**抽象**
　　　　　　　意思，因此可以單獨使用。
　　　　　　　◇It's time for bed.　該睡覺了。

　 E）**school**　：表「學校是念書的地方＝上課」的**抽象**意思。
　　　　　　　◇after school：下課後。

　　bicycle / bus / train：這裡指的不是擁有具體形狀的交通工具，而是**抽象的「交通方
　　　　　　　式」**。

　 G）**president**　：表示「總統這個職位」的**抽象**意思。

普通名詞有下面3種表示「**全體種類**」的方法，其中複數的A）最常見。

3.A）　　**複數**：　**Dog** s are　friendly animals.　狗是容易親近的動物。

　　B）a (an)　單數：**A**　**dog**　 is　a friendly animal.

　　C）the　　單數：**The dog**　 is　a friendly animal.

$\boxed{2}$ 冠詞 —— "a" 與 "the"

由於**中文裡沒有「冠詞」**，因此在**翻譯英文時，經常被省略**，請多加留意。

不定冠詞：a (an)	基本上表示《非特定的1個》，加在單數可數名詞前。 ◇ **a＋子音為首的單字**：**a** house／**a** uniform／**a** science fiction novel（科幻小說） ◇ **an＋母音為首的單字**：**an** hour／**an** umbrella／**an** SF [ən esef] novel
定冠詞：the	表「**特定的人／物**」，有時譯成「**那個**」。 可加在可數名詞（單數・複數）或不可數名詞前。

1. They have a parrot and an owl.　　他們有1隻鸚鵡和1隻貓頭鷹。

   The parrot is 31 years old and　　〔他們養的那隻〕鸚鵡31歲，

   the owl is 60 years old.　　〔他們養的那隻〕貓頭鷹60歲。

2. A）Wear this helmet.　　戴 這頂 安全帽。
   　　　　 that　　　　　　　　 那頂

   B）Wear the helmet.　　戴〔旁邊那頂／平常戴的那頂〕安全帽。

   C）Wear a helmet.　　戴〔非特定的＝隨便一頂〕安全帽。

   D）Mother should see the doctor.　媽媽應該去看〔那個〕醫生。

   E）His son should see a doctor.　他兒子應該去看醫生。

---

❷ 2. A）的 this：這個 與 that：那個 用於實際指定《特定物》時；相對地，B）與D）的 the 則是在心中默指**特定的人／物**，接近 那個／平常的 意思。

　　B）的 " the helmet" 指的是說話者與聽話者雙方都知道有這頂安全帽存在，只要說話者說出心中所默指的 " the helmet "，聽話者就知道那是什麼。

　　D）的 " the doctor" 指的是說話者與聽話者雙方都知道、特定的＝固定的 醫生。

　　E）的 " a doctor" 是非特定的＝隨便一個醫生。

Chapter-5 品詞的應用

冠詞 / 人稱代名詞

1
英文文法ABC

2
動詞

3
動狀詞

4
理解句型

5
品詞的應用

③ 人稱代名詞 —— 主格‧所有格‧受格

人稱代名詞可分成「**第1、第2、第3人稱**」，而其中每一種都有**主格、所有格、受格**的形式。

第1人稱	自己〔們〕 ：說話者（書寫者）本人
第2人稱	對方 ：聽話者
第3人稱	非第1、第2人稱：話題中出現的人 / 物

		當主詞時	表示「～的」的意思，與其後的名詞相關時	當受詞時		

		主格＝基本形	所有格	受格	所有代名詞	反身代名詞
第1人稱	單數	I ：我	my	me	mine	myself
	複數	we ：我們	our	us	ours	ourselves
第2人稱	單數	you ：你	your	you	yours	yourself
	複數	you ：你們	your	you	yours	yourselves
第3人稱	單數	he ：他	his	him	his	himself
		she ：她	her	her	hers	herself
		it ：它	its	it		itself
	複數	they ：他們	their	them	theirs	themselves

S V O
1. **I** know **his** son.　　　　　　　　**我** 認識 **他的** 兒子。

◇his＝受詞 "son" 的修飾詞 ●P.18

S V O
2. **He** knows **me** .　　　　　　　　**他** 認識 **我** 。

◇me＝動詞的受詞 ●P.23

S V 介 O
3. **She** works **with** **us** .　　　　　　　**她** 和 **我們** 一起工作。

◇us＝介系詞的受詞 ●P.184

4. A) | **We** | should be kind to Mr.Cooper. | **我們** | 應該對Cooper先生好。 |
| **You** | | **你〔們〕** | |

B) | **We** | should be kind to old people. | **我們** | 應該對老人家好。 |
| **You** | | **你〔們〕** | |

❶ 4. B) 的 "We"、"You" 也可指「一般人 / 大家」。

4 表「時間・天氣・距離・狀況」的 "it"

這裡的 " it " 指1. 時間；2. 天氣；3. 距離；4. 狀況等（並不譯成「它」）。

1. What time is **it** ? ── **It's** ten twenty.	現在〔時間〕幾點？
	── 現在〔時間〕10點20分。

2. **It's** raining cats and dogs (＝very hard) .	（現在雨下的很大 ⇨）現在傾盆
	大雨。

3. **It's** about two kilometers to the station.	到車站大約2公里。

4. A）**It** is not convenient for me today.	（今天的狀況對我來說不方便⇨）
	我今天不方便。

×B）I am not convenient today.

5 虛主詞的 "it" 與虛受詞的 "it"

1. **虛主詞**（形式主詞）**"it"** 指，被移到後面的「〔較長的〕**真主詞**」，翻譯時只需將**真主詞的內容**代入 **"it"** 即可。 ○P.108
2. **虛受詞**（形式受詞）**"it"** 指，被移到後面的「〔較長的〕**真受詞**」，翻譯時只需將**真受詞的內容**代入 **"it"** 即可。較常用於「S・V・O・C」的第5句型 [○P.27]。
   ◇ 不定詞 、 動名詞 、" that子句 " 都能當真主詞、真受詞。

        虛S   真S

1. A） `it` is bad for the eyes	`to read` in the dark	.	在暗處讀書對眼睛不好。
B） `it` 's tough	`being` a guy	.	當男人很辛苦。
C） `it` 's a pity	`that` she can't come	.	真可惜她不能來。

    S V   虛O C   真O

2. He made `it` clear	`that` he was against it	.	他明確表示他反對〔那個〕。
			◇was表時態一致性。○P.70

6 "some" 與 "any"

◆ "some" 與 "any" 的合成詞

①	肯定句	some	不明確的數量（任何）	something	某事	someone / somebody	某人
	疑問句	any？		anything	有事嗎？	anyone? / anybody?	有人嗎？
②	否定句	any	一點也（不）	anything	什麼也（不）	anyone / anybody	誰也（不）
③	肯定句	any	任何 ～ 都	anything	什麼都	anyone / anybody	誰都

　　"some" 與 "any" 可當代名詞，也可當形容詞（以下例句是形容詞）。原則上，"some" 用於肯定句；"any" 用於疑問句（if子句）、否定句、肯定句。

　　①的 "some" 與 "any" 表示「不明確的數量」，可譯成「一些」，但也經常不譯。同樣地，②的 "any" 也經常不譯。

①	A）	**some**		{ apples / students }	（不明確的數目⇨）**一些**蘋果／**一些**學生
	B）	**some**		{ salt / money }	（不明確的數量⇨）**一些**鹽／**一些**錢
	C）	**some**		{ knowledge / time }	（不明確的數量⇨）**一些**知識／**一些**時間
	D）	**some**		{ reason / town / day }	（不明確的⇨）**某些**理由／**某個**城鎮／**某一天**
	E）I	need	**some**	eggs.	我需要〔**一些**〕蛋。
	F）Do you	need	**any**	eggs?	你需要〔**一些**〕蛋嗎？
	G）I	need	**some**	milk.	我需要〔**一些**〕牛奶。
	H）Do you	need	**any**	milk?	你需要〔**一些**〕牛奶嗎？

②	A）I do not need	**any**	eggs.	（我不需要**任何**蛋⇨）我一個蛋也不需要。
	B）I do not need	**any**	milk.	（我不需要**任何**牛奶⇨）我一點牛奶也不需要。

③	**Any**	doctor knows that.	**任何**醫生都知道。

①	I）	**Some** people think that money is everything.	（數目不明確的人這麼想⇨）**有些**人認為錢就是一切。

下面的J）用疑問句的形式，但內容表示「邀約」，**實際上等於肯定意思的K）**，所以與一般肯定句同樣用"some"。

① J）Will you have some beer ?　　　你要不要來點啤酒？

＝K）Please have some beer.　　　請喝啤酒。

　　J）句中的說話者**推測答案是"Yes"**——若是詢問"Yes"或"No"的一般疑問句，就用"any"。 ◎前頁①的F）、H）

7 疑問詞

		主格＝基本形	所有格「～的」	受格
1	疑問代名詞	**who** ：誰	**whose**	**whom**（口語是who）
		what ：什麼		**what**
		which ：哪一個		**which**
2	疑問副詞	**when** ：何時		
		where：哪裡		
		why ：為什麼		
		how ：如何〔方法：狀態〕／多～〔程度〕		

　　造wh疑問句的疑問詞分成**疑問代名詞**與**疑問副詞**。 疑問詞＝主詞 的句子與直述句的形式相同（語序）〔◎P.33〕。標示下線的部分，表示為慣用句。

1.A）　　　　**Who** took her to the dance?　　**誰** 帶她去跳舞了？

　B）　　Did you　take her to the dance?　　你帶她去跳舞了嗎？

　C）**Who** did you　take　　to the dance?　你帶**誰**去跳舞了？

　　　　　　　　　　　◇"Who [m]"是動詞"take"的受詞。

　D）　　　　**Who** danced with him ?　　**誰** 和他跳舞了？

　E）　　Did you　dance　with him ?　　你和他跳舞了嗎？

　F）**Who** did you　dance　with?　　你和**誰**跳舞了？

　　　　　　　　　　　◇"Who [m]"是介系詞"with"的受詞。

　G）**What** 's { wrong / the matter } with　〔你〕**怎麼了**？

　　　you?

H） **What** will become of them? 　　他們 將會如何 ？

　　　What has become of 　　　　　　〔現在〕如何

Ｉ） **Which** travels faster, light or sound? 　光跟聲音，哪一個比較快？

　　　　　　　　　　　　　　　　　　　○P.32

2. A) 　**When** will you be back? 　　你何時回來？ ^{be back}

　B） **Where** do you come from? 　　你（來自於哪裡▷）是哪裡人？

　　　　　　　　　　　　　　　　　◇come from ～：來自於 ～。

　C） **Why** 　　　 is Hal crying? 　　Hal為什麼在哭？

＝D） **How come** 　Hal is crying? 　　◇ How come S V？：為什麼～？

　　　　　　　　　　　　　　　　　（後面是直述句的語序）

　E） **How about** 〔go**ing** for〕 a walk? 　要不要去散步？

　　　What about 　　　　　　　　◇表示「提議（邀約）」的慣用句。

　F） **How** did you get the information? 　你怎麼得到消息的？

　G） **How** old are you? 　　你（多▷）幾歲？ ^{old}

❶	**how** far…?	**how** many…?	多遠？	多少個？（數目）
	how high (tall) …?	**how** much…?	多高？	多少？（價錢）
	how long…?	**how** old…?	多長？	多大？（年齡）

▶ **間接疑問**

　當 疑問句 是其他句子的 一部分 時，就叫做「間接疑問」。間接疑問是句子的
一部分（名詞子句），並非獨立的疑問句。因此 S 與 V 是直述句〔○P.29〕的形式。

1. A) 　　　　　　　V　S
　　　　 Where is he ? 　　　　　他在哪裡？

　　　　　　　　　　　　　　　　　◇獨立的一般疑問句。

　B） She knows │ **where** he is │.
　　　　　　　　　　　s　V 　　　　她知道他在哪裡。
　　　S　　V　　　O　　間接疑問　　◇A）的 疑問句 是B）句的 一部分 ，

　　　　　　　　　　　　　　　　　當作B）的受詞O。

2. A) 　　　 **What** does he want to do ? 　他想做什麼？

　B） I'll ask him │ **what** 　　　 he wants to do │. 我會問他想做什麼。

| 3. A） | **Who** arranged those flowers? | 誰插了那些花？ |

| B） I wonder | **Who** arranged those flowers | . | 我好奇誰插了那些花？ |

◇ 疑問詞＝主詞時，間接疑問的語序不變。

8 介系詞

A 介系詞的受詞

介系詞後面的詞句叫做 介系詞 的 受詞 ，它可能是名詞或代名詞，而代名詞當受詞時，必須用 受格 。 ◑P.179

	及物動詞	動詞的受詞	◇discuss～：討論～。
1. A） They	**discussed**	the **plan**	. 他們討論了計畫。
B） They	**discussed**	**going**[*1] on a trip	. 他們討論了要去旅行。

	不及物動詞[*2]	介系詞	介系詞的受詞	◇about～：關於～。
＝2. A）	They talked	**about**	the **plan**	. ＊1 動名詞 ◑P.128
B）	They talked	**about**	**going**[*1] on a trip	. ＊2 ◑P.23

| 3. | She talked | **about** | **him** | . 她聊到他。 |

B 表「時間」與「地方」的介系詞

1	A) at ～	（在）～【時刻　等等】	4	A) for ～	～ 的期間【表示期間的長度】
	B) on ～	（在）～【天／星期　等等】		B) during ～	～ 的期間【表示哪一段期間＝何時】
	C) in ～	（在）～【月／年　等等】	5	A) in ～	〔從現在起〕過 ～ 之後
2	A) until (till) ～	〔一直持續〕直到 ～		B) within ～	～ 之內
	B) by ～	最遲在 ～ 之前〔完成〕		C) after ～	～〔之〕後
3	A) from ～	從 ～			
	B) since ～	從 ～ 以來〔一直〕			

1. A）**at** { two / noon / night }　　　　　　（在）{ 2點 / 中午 / 晚上 }

  B）**on** { Monday / April 4 }　　　　　　（在）{ 星期一 / 4月4日 }

  C）**in** { June / spring / 1945 / the morning }　　（在）{ 6月 / 春天 / 1945年 / 早上 }

  D）<u>last</u> night / <u>next</u> Monday / <u>every</u> spring　昨晚 / 下週一 / 每年春天

  E）{ <u>yesterday</u> / <u>tomorrow</u> } morning　　{ 昨天 / 明天 } 早上

   ◇ 接在<u>下線</u>後的D）、E）不需要介系詞

   He came { <u>last</u> night / <u>yesterday</u> morning }

2. A）This bank is open　**until**　five o'clock.　銀行開**到**5點。

  B）Finish it　　　　　**by**　　five o'clock.　5點**前**完成〔它〕。

3. A）We were there　　**from**　five o'clock **to** six.　我們**從**5點**到**6點都在那裡。

  B）We have been here **since**　five o'clock.　我們**從**5點就在這裡了。

4. A）I stayed there　　**for**　　five weeks.　我在那裡5個星期。

  B）I stayed there　　**during** the summer.　夏天時我在那裡。

5. A）I'll be back　　　**in**　　five minutes.　我**再過**5分鐘回來。

  B）I'll be back　　　**within** five minutes.　我5分鐘**內**回來。

  C）He came back　　**after**　five minutes.　他5分鐘**後**回來了。

6	at 地方	◇讓人感覺是「1個地點」
	in 地方	◇讓人感覺是「較寬廣的空間」
7	A）in ～	在～裡
	B）into ～	〔進入〕～裡
	C）out of ～	在～外
8	A）on ～	在～上面【接觸緊貼於上】
	B）over ～	在～上方【未接觸的上方；遍布於上】
	C）above ～	在～之上【較高的地方】
	D）up ～	向上～
9	A）under ～	在～下面
	B）below ～	在～之下【較低的地方】
	C）down ～	向下～

10	A）by ～	在～旁邊
	B）beside ～	在～旁邊
	C）near ～	在～附近
11	A）in front of ～	在～前面
	B）behind ～	在～後面
12	A）between ～	在【兩者】～之間
	B）among ～	在【三者以上】～之間
13	A）to ～	到～【目的地】
	B）toward ～	朝～【方向】
	C）for ～	朝～【目的地】
14	A）along ～	沿著～
	B）across ～	越過～
	C）through ～	穿過～
	D）around ～	繞著～

6. A) **at** { the gate / the North Pole }　　　在 { 大門 / 北極 }

　　 in { my pocket / the world }　　　　在 { 我的口袋裡 / 世界上 }

　 B) go 　　　　**to the river**　　　　去 河邊

　　 go swimming 　×**to the river**　　「去 河邊 游泳」的錯誤例句。

　　 swim 　　　　**in the river**　　　在 河邊 游泳

　　 go swimming 　**in the river**　　「去 河邊 游泳」的正確例句。

7. A) He was **in** the room.　　　他當時在房間裡。

　 B) He went **into** the room.　　他 走進了 房間。

　　　 came 　　　　　　　　　他 走進來 房間。

　 C) He went **out of** the room.　　他 走出了 房間。

　　　 came 　　　　　　　　　他 從 房間裡 出來了 。

8. A) The parcel is **on** the table.　　包裹在桌子上。

　 B) A lamp hang **over** the table.　有個燈吊在桌子上方。

　 C) The sun rose **above** the horizon.　太陽在地平線上升起。

　 D) We went **up** the slope.　　我們爬上斜坡。

9.　A）The parcel　is　**under** the table.　包裹在桌子**下**。

　　B）The sun　sank　**below** the horizon.　太陽**落**到地平線**下**。

　　C）We　　went　**down** the slope.　我們**走下**斜坡。

10.A）She　sat **by**　　the fire.　她當時坐在火爐**旁**。

　　B）I　　sat **beside** him.　我當時坐在他**旁邊**。

　　C）They live **near**　the power plant.　他們住在發電廠**附近**。

11.A）I　parked **in front of** her car.　我停在她的車**前面**。

　　B）He parked　**behind**　her car.　他停在她的車**後面**。

12.A）Kyle　was　standing

　　　　　　　between him and her .　Kyle當時正站在他和她**之間**。

◇代名詞是受詞時，必須用受格。

○P.184

　　B）Rose was standing

　　　　　　　among her students.　Rose當時正站在學生**之中**

（被學生包圍）。

13.A）We swam　　　**to**　　the island.　我們當時游**到**島上。

　　B）He was swimming **toward** the island.　他當時正**朝**島上游。

　　C）I left　　　　**for**　　the island.　我出發**前往**島上。　○P.24

14.A）We　　walked **along**　the river.　我們當時**沿著**河邊散步。

　　B）They　　swam　**across**　the river.　他們游**過**河。

　　C）A path　runs　**through** the woods.　有條小徑**穿過**森林。

　　D）The moon moves　**around**　the earth.　月亮**繞著**地球轉。

9 連接詞

連接詞可分成「對等連接詞」與「從屬連接詞」2種。

A 對等連接詞

對等連接詞把同等地位的 1.**單字**；2.**片語**；3.**子句** 連結在一起。

⊙P.16 **A**、P.44的MEMO

1. Naoki **and** Hideki are twins.　　　　　直樹與秀樹是雙胞胎。

2. I can't speak German,　　　　　　　　　我不會說德文，**可是**我聽得懂。

　but I can understand it.

B 從屬連接詞

從屬連接詞加在**附屬子句的句首**，用來連結主要子句 [⊙P.16**B**]。以下是從屬連接詞的例子。

1. | **that子句** | **～ 的事** | ◇沒有 "that" 也能理解時，大多會〔省略〕。

```
      S     V      ┌─O＝附屬子句─┐
A)  She knows    〔that〕he is    sick .      她知道 他生病了 。
B)  I think      〔that〕he is    sick .      我覺得 他生病了 。
```

```
      S    V   O₁   ┌─O₂─┐
C)  She told me  〔that〕he was* sick .      她告訴我 他生病了 。
                                            ＊時態一致性。 ⊙P.70
D)  It is true   〔that〕he is    sick .      他 真的是 生病了 。
                                            ◇虛主詞句型 ⊙P.180
```

2. 表示「時間」的連接詞

A)	when ～	～ 的時候		F)	as soon as ～		一 ～ 就 ～
B)	while ～	當 ～ 的期間			hardly / scarcely	～ when / before	
C)	{ after / before } ～	～{ 之後 / 之前 }					
D)	{ until＝till } ～	直到 ～			no sooner ～ than		
E)	since ～	從 ～ 以來					

A）She lived in Kure **when** 〔she was〕 young.　當她年輕**時**住在吳市（位於廣島西南）。◐ ❶

B）I fell asleep **while** 〔I was〕 watching television.　當我看電視**時**睡著了。◐ ❶

C）His wife came soon **after** he left.　他離開**之後**，他太太馬上來了。

　Write down the number **before** you forget* it.　（你忘記**之前**⇨）趁你還沒忘記，（趕快）寫下號碼。

D）We should stay here **until** the rescue party comes*.　（我們應該在這裡等，**直到**救難隊來⇨）救難隊來之前，我們應該〔一直〕在這裡等。

◇ 用現在式表示 "時間子句" 裡的「未來」。◐P.54

E）It is over a year **since** I quit smoking.　（從我戒菸以來，已經超過一年⇨）我戒菸一年以上了。

❶ 〔S‧be〕的省略：" when / while / if " 等之後，沒有〔主詞與be〕也能理解時，大多會省略。

F）| **As soon as** | he | | saw me, | | he ran away. |

他一看到我就跑掉了。
　◇ " as soon as子句 " 與主要子句兩者都是過去式。

= | | He <u>had</u> | **hardly**
scarcely | <u>seen</u> me | **when**
before | he ran away. |
| | He <u>had</u> | **no sooner** | <u>seen</u> me | **than** | he ran away. |

　◇ 一般 "hardly（等）" 的子句是<u>過去完成式</u>，"when（等）" 的子句是過去式。

= | **Hardly**
Scarcely | <u>had</u> he | | <u>seen</u> me | **when**
before | he ran away. |
| **No sooner** | <u>had</u> he | | <u>seen</u> me | **than** | he ran away. |

　◇ "hardly（等）" 出現在句首時（文體），要用倒裝法（疑問句的語序）。

3. 表示「條件（如果～的話）」的連接詞

| **if ～** | A）如果～的話 [條件子句＝副詞子句] | B）～與否 [名詞子句] ◐P.55 |
| **unless ～** | 如果不是～的話（除非～） | |

　A）I'll come again if 〔it is〕 necessary.　如果需要〔它＝再來〕的話，我會再來。◐ ❶

　B）I will see { **if** / **whether** } I can fix it.　我看看我能不能修。

　C）**Unless** she is tired, she walks to work.　除非她累，不然她都走路去上班。

= D）**If** she is **not** tired, she walks to work.

189

4. 表示「理由（原因）」的連接詞

because ～	因為 ～	◇放在主要子句之前或之後。
as ～	因為 ～	◇一般放在主要子句之前。
since ～	因為 ～	◇一般放在主要子句之前。
..., for ～	…，因為 ～	◇「理由」放在句尾，較常用於文體。

A)	**Because**	he has a cold, he can't take a bath.	**因為**他感冒了，所以不能泡澡。
	As		
	Since		
	×**For**		

＝B)　He can't take a bath **because** he has a cold.　　他不能泡澡，**因為**他感冒了。

＝C)　He can't take a bath, **for** he has a cold.

5. 表示「目的」的連接詞

so that* S can ～	為了～【目的】	
so...that* ～	非常…所以～【結果】	◇so　形 或 副 that
such...that* ～	*" that " 可能被省略。	◇such〔a〕形名　that

A)　I got up at four **so** **that** I could catch the first train.　　（我4點就起床了，這樣我才能搭上首班車⇨）**為了**搭上首班車，我4點就起床了。

B)　She is **so** kind **that** everyone likes her.　　她**非常**親切，所以大家都喜歡她。

C)　She is **such** a kind person **that** everyone likes her.　　她是個**非常**親切的人，所以大家都喜歡她。

10 表示「否定」的詞語

1	**not**	沒 / 不 ～		3	nothing	什麼也不 ～
	never	從不 ～			nobody / no one	（沒有人⇨）誰也不～
	rarely / seldom	很少 ～【頻率】			none of ～	～ 之中 {什麼 / 誰}也不～
	hardly / scarcely	不太 ～【程度】				
2	no　名詞	沒有【名詞】			neither	兩者都不 ～ ｜ ～ 不 ～ 也不
	few	幾乎沒有 ～【數目】				
	little	幾乎沒有 ～【數量】				

◇ 表示「否定」的副詞 與 表示「頻率」的副詞*
放在〈一般動詞之前／助動詞・be之後〉。

	助 / be	副詞	一般動詞		
1. A)	He does	**not**	wear a tie.	他〔習慣〕不打領帶。	◇does ◐P.30
B)	He	**never**	wears a tie.	他〔無論何時〕從不打領帶。	
C)	He has	**never**	worn a tie.	他不曾打領帶。	◐P.67
D)	He	**rarely**	wears a tie.	他很少打領帶。	
E)	She	**hardly**	knows him.	她不太認識他。	
F)	He must	**always**[*]	wears a tie.	他必須永遠打領帶。	
G)	He	**often**[*]	wears a tie.	他經常打領帶。	
H)	He is	**not**	at home.	他〔現在〕不在家。	
I)	He is	**never**	at home.	他從不在家。	

		助 / be				
2. A)	She		had	**no**	kimonos.	她〔過去〕沒有和服。
＝B)	She did	**not**	have	any	kimonos.	◇not any ◐P.181
C)	She		had	**few**	kimonos.	她〔過去〕幾乎沒有和服。
D)	He		had	**little**	money.	他〔過去〕幾乎沒有錢。
E)	He		had	**a little**	money.	他〔過去〕只有一些錢。

❷ 2. E) 的 "little" 前加 "a"，表示「（有）一些」的肯定意思（ "few" 也一樣）。

3. A)	I		knew	**nothing**	about it.	我當時什麼也不知道。
＝B)	I did	**not**	know anything		about it.	◇anything ◐P.181
C)	**Nobody**		knew it.			當時（沒有人知道⇨）
						誰也不知道。
D)	**None**	of them knew it.				他們之中，沒有人知道。
E)	**Neither**	of them knew it.				他們兩個人都不知道。

None of them　　　　Neither of them

英文詞句索引

數字表示頁數（粗體字代表主要詳細說明的頁數）。

・「—」表示「省略標題字」。

・「原形」表示「原形動詞」。

・「形」表示「形容詞」。

・「名」表示「名詞」。

・O表示「受詞」。

・pp表示「過去分詞」。

國家圖書館出版品預行編目資料

圖解：一看就懂的英文文法書/工藤三男著；林佩儀譯.
　— 二版 .-- 臺北市：商周出版：英屬蓋曼群島商
家庭傳媒股份有限公司城邦分公司發行，2021.01
　208 面；17X23 公分
　譯自：図解 一瞬でわかる英文法
　ISBN 978-986-477-962-8(平裝)

　1. 英語 2. 語法

805.16　　　　　　　　　　　　　　109018868

學習館 017

圖解：一看就懂的英文文法書【暢銷新版】

原 著 書 名／図解 一瞬でわかる英文法		審　　　定／王珊珊	
作　　　者／工藤三男		責 任 編 輯／魏秀容、韋孟岑、鄭依婷	
譯　　　者／林佩儀			

版　　　權／吳亭儀、江欣瑜
行 銷 業 務／周佑潔、賴玉嵐、林詩富、吳藝佳、吳淑華
總 編 輯／何宜珍
總 經 理／彭之琬
事業群總經理／黃淑貞
發 行 人／何飛鵬
法 律 顧 問／元禾法律事務所 王子文律師
出　　　版／商周出版
　　　　　　115 台北市南港區昆陽街 16 號 4 樓
　　　　　　電話：(02) 2500-7008　傳真：(02) 2500-7759
　　　　　　E-mail：bwp.service@cite.com.tw
　　　　　　Blog：http://bwp25007008.pixnet.net./blog
發　　　行／英屬蓋曼群島商家庭傳媒股份有限公司城邦分公司
　　　　　　115 台北市南港區昆陽街 16 號 8 樓
　　　　　　書虫客服專線：(02)2500-7718、(02) 2500-7719
　　　　　　服務時間：週一至週五上午 09:30-12:00；下午 13:30-17:00
　　　　　　24 小時傳真專線：(02) 2500-1990；(02) 2500-1991
　　　　　　劃撥帳號：19863813　戶名：書虫股份有限公司
　　　　　　讀者服務信箱：service@readingclub.com.tw
　　　　　　城邦讀書花園：www.cite.com.tw
香港發行所／城邦 (香港) 出版集團有限公司
　　　　　　香港九龍土瓜灣土瓜灣道 86 號順聯工業大廈 6 樓 A 室
　　　　　　電話：(852) 2508-6231　傳真：(852) 2578-9337
　　　　　　E-mail：hkcite@biznetvigator.com
馬新發行所／城邦 (馬新) 出版集團【Cité (M) Sdn. Bhd】
　　　　　　41, Jalan Radin Anum, Bandar Baru Sri Petaling,
　　　　　　57000 Kuala Lumpur, Malaysia.
　　　　　　電話：(603)9056-3833　傳真：(603)9057-6622
　　　　　　E-mail：services@cite.my

封 面 設 計／Copy
內 頁 排 版／唯翔工作室
印　　　刷／卡樂彩色製版印刷有限公司
經 銷 商／聯合發行股份有限公司 電話：(02)2917-8022　傳真：(02)2911-0053

■ 2009 年 11 月初版
■ 2021 年 1 月二版
■ 2024 年 8 月二版 2 刷
定價 350 元
著作權所有，翻印必究
ISBN 978-986-477-962-8 (平裝)

Printed in Taiwan

城邦讀書花園
www.cite.com.tw